Barrachina

La Bella y la Bestia

y otros cuentos maravillosos

Colección dirigida por

Francisco Antón

La Bella y la Bestia
y otros cuentos maravillosos

Ilustraciones
P. J. Lynch

Versión
Gabriel Casas

Actividades
Agustín Sánchez Aguilar

Vicens Vives

Diseño gráfico: ETS y UTS

Primera edición, 2001

Depósito Legal: B. 14.938-2001
ISBN: 84-316-6127-5
Núm. de Orden V.V.: N-098

IMPRESO EN ESPAÑA
PRINTED IN SPAIN

Editorial VICENS VIVES. Avda. de Sarriá, 130. E-08017 Barcelona.
Impreso por Gráficas INSTAR, S.A.

Índice

La Bella y la Bestia y otros cuentos

La Bella y la Bestia
y otros cuentos maravillosos

Hermanos Grimm

El príncipe sapo

Había una vez una princesa que vivía en un magnífico palacio. Sus habitaciones estaban llenas de joyas y de hermosos vestidos, pero lo que más estimaba de todo cuanto tenía era una sencilla bola de oro.

Un día, mientras jugaba en el jardín, lanzó la bola al aire y fue a caer en un estanque tan profundo que no se veía el fondo. Y la princesa se puso a llorar.

—Daría cualquier cosa por recuperar mi hermosa bola dorada —se quejaba, sin dejar de llorar—. Daría mis vestidos, mis joyas y todas las maravillas que poseo.

En ese momento un sapo gordo y feo saltó del estanque y le dijo:

—Yo puedo encontrar tu bola. ¿Pero de qué me servirían tus vestidos y tus joyas?

—¡Vete de aquí, bicho asqueroso! —gritó la princesa—. Tú no puedes devolverme la bola.

—Estás muy equivocada —dijo el sapo—. Si me concedes lo que deseo, te traeré la bola.

—¿Y qué es lo que deseas? —le preguntó la princesa.

—Llévame a tu casa y déjame vivir contigo. Trátame con cariño, déjame ser tu amigo y permíteme comer de tu plato de oro, beber en tu vasito de plata y dormir en tu cama de seda.

La princesa se echó a temblar sólo de pensarlo, porque el sapo le daba mucho asco, pero aceptó el trato.

—¿Lo prometes? —preguntó el sapo.

—Claro que sí —dijo la princesa—. ¡Pero date prisa!

El sapo se echó de cabeza al estanque, y poco después salió con la bola de oro. Pero la princesa se la quitó y echó a correr hacia el palacio.

—¿Ya has olvidado tu promesa? —le gritó el sapo; pero la princesa siguió corriendo y ni siquiera se volvió.

Esa noche, mientras la princesa cenaba con sus padres, algo subió las escaleras con suaves pasitos, *chap*, *chap*, *chap*, y llamó a la puerta. Y todos pudieron oír lo que dijo:

Orgullosa princesa,
déjame estar contigo.
Recuerda tu promesa,
es todo lo que pido.

La princesa corrió a abrir la puerta, y allí encontró al sapo, que la miraba fijamente. Asustada, la princesa dio

un portazo y volvió corriendo a la mesa. Al instante se oyeron de nuevo los golpes y una voz que decía:

Orgullosa princesa,
déjame estar contigo.
Recuerda tu promesa,
es todo lo que pido.

La princesa abrió de nuevo la puerta, y una vez más se la cerró en las narices al sapo. Cuando éste habló por tercera vez, el rey se levantó.

—¿Qué significan esas palabras, hija? —preguntó; y cuando la princesa le explicó lo que había sucedido, el rey se puso muy serio y dijo—: Una promesa es una promesa, y hay que cumplirla. Dile a tu amigo que entre, y tú haz lo que dijiste que harías.

La princesa abrió de mala gana la puerta y el sapo entró, *chap*, *chap*, *chap*, y saltó a la mesa.

—Princesa, ponme en un taburete a tu lado para que pueda comer en tu mesa —y la princesa tuvo que hacer lo que le pedía—. Acércame un poquito tu plato para que pueda compartir tu cena —añadió el sapo.

La princesa se lo acercó y el sapo se puso a comer, pero ella no probó bocado.

—Ahora estoy cansado —dijo el sapo—. Llévame a tu cama de seda.

La princesa rompió a llorar, pero el rey insistió:

—Una promesa es una promesa, y hay que cumplirla.

La princesa, con los ojos bañados en lágrimas, cogió al sapo y lo llevó a su dormitorio. Lo puso en un rincón de la habitación y se metió en la cama.

Al instante oyó unos pasitos en el suelo y un croar que ya le resultaba familiar:

—Los sapos necesitamos dormir tan bien como las princesas —dijo—. Ponme sobre tu almohada para que pueda compartir tu cama.

La princesa hizo lo que el sapo le había pedido. Después se dio media vuelta y se puso a llorar hasta que se quedó dormida.

Por la mañana, al despertar, la princesa se quedó muy sorprendida al ver de pie, junto a su cama, a un apuesto[1] príncipe.

—Estaba embrujado —le dijo el príncipe— y condenado a ser un sapo hasta que una princesa me permitiera entrar en su casa, comer de su plato y dormir en su cama.

La princesa recordó lo grosera[2] que había sido con el sapo y se sintió avergonzada. Pero ella y el príncipe se casaron poco después y vivieron por siempre felices.

1 **apuesto**: guapo, elegante.
2 **grosera**: maleducada.

Hermanos Grimm

Hansel y Gretel

Había una vez dos niños llamados Hansel y Gretel que vivían junto al bosque con su padre y su madrastra. El padre era leñador, y siempre había sido pobre. Pero una noche fría de invierno, al ver que ya no tenían nada para comer, le dijo a su mujer:

—Ni siquiera podemos alimentar a Hansel y Gretel.

—¿Por qué te preocupas tanto por ellos si no tenemos comida para nosotros? —dijo la mujer—. Si los abandonamos en medio del bosque nunca encontrarán el camino de regreso a casa.

El leñador se echó a temblar sólo de pensarlo, pero su mujer era muy cruel y tozuda,[1] y, después de insistir mucho, al final consiguió que el pobre leñador consintiera[2] en abandonar a los niños en el bosque.

1 **tozuda**: terca, que hace lo que sea para conseguir lo que quiere.
2 **consintiera**: aceptara.

Por suerte, Hansel y Gretel tenían tanta hambre que no podían dormir, de manera que oyeron la conversación de sus padres. La pequeña Gretel se echó a llorar.

—No te preocupes, hermanita —la consoló Hansel—; se me acaba de ocurrir una idea.

Entonces salió de la casa y se llenó los bolsillos de la chaqueta de piedrecitas blancas.

A la mañana siguiente el leñador y su esposa les dieron un trozo de pan a los niños y se los llevaron al bosque. De vez en cuando Hansel se paraba y se volvía a mirar hacia la casa.

—¿Qué miras, niño? —le preguntó la madrastra.

—Estoy mirando a mi gatito blanco que está encima del tejado y me dice adiós —contestó Hansel.

—¡Qué tonto eres! —gruñó la madrastra—; eso es el reflejo del sol en la chimenea.

Pero Hansel no había visto el gato ni la chimenea, pues sólo se había vuelto para tirar una piedrecita de su bolsillo.

Cuando llegaron al interior del bosque, el leñador hizo una hoguera y les dijo a los niños que se quedaran allí mientras él y su madrastra iban a por leña. Hansel y Gretel esperaron y esperaron, pero sus padres no volvieron. Se hizo de noche y los lobos empezaron a aullar.

—No tengas miedo, hermanita —dijo Hansel—; pronto saldrá la luna y podremos regresar a casa.

Al salir la luna, las piedrecitas blancas brillaron como monedas de plata y les mostraron el camino de regreso a casa.

Cuando se hizo de día llegaron a casa. El leñador se puso muy contento al ver a sus hijos, pero su mujer estaba furiosa.

Poco tiempo después volvieron a pasar hambre y la madrastra convenció de nuevo al leñador para abandonar a los niños en el bosque. Por la noche, cerró la puerta con llave y Hansel no pudo salir a coger piedrecitas.

A la mañana siguiente, el leñador y su esposa volvieron a llevar a los niños al interior del bosque. Hansel se paraba de vez en cuando para mirar hacia la casa.

—¿Qué miras, niño? —le preguntó la madrastra.

—Miro a mi palomita blanca que está encima del tejado y me dice adiós —respondió Hansel.

—¡Qué tonto eres! —gruñó la madrastra—; eso es el reflejo del sol en la chimenea.

Pero Hansel no había visto la paloma ni la chimenea, pues sólo se había vuelto para dejar caer unas miguitas del mendrugo de pan que su padre le había dado. De esa manera podrían encontrar el camino de vuelta a casa.

El leñador y la madrastra volvieron a dejar a los niños esperando junto a la hoguera, y de nuevo los lobos aullaron cuando se hizo de noche. Pero al salir la luna, las migajas no resplandecieron, pues los pájaros se las habían comido.

Durante dos días, Hansel y Gretel caminaron perdidos por el bosque buscando su casa. Sólo comían las bayas que encontraban, y de noche dormían bajo un árbol. Al tercer día vieron un hermoso pajarillo, blanco como la nieve, y lo siguieron hasta un claro del bosque en donde había una casa hecha de pan. El tejado era de chocolate, las chimeneas de caramelo y las ventanas de azúcar.

Como estaba muerto de hambre, Hansel corrió hacia la casa y arrancó un trozo del tejado. Mientras se lo comía, se oyó una vocecita que cantaba:

Roe que te roe, ratoncito,
¿quién roe mi tejadito?

Y Hansel respondió:

No hay ningún ratón hambriento:
lo que oyes es sólo el viento.

Entonces arrancó otro trozo de tejado mientras Gretel empezó a comerse un cristal de la ventana.

En ese momento se abrió la puerta de la casita y salió una anciana, que, con una sonrisa, los invitó a entrar:

—Entrad, entrad, ratoncitos, y quedaos conmigo. Aquí podréis comer muy bien y dormir calentitos.

Hansel y Gretel entraron en la casa muy contentos y, después de comer, se fueron a la cama y se quedaron dormidos. La vieja se acercó a comprobar que los niños dormían, y luego tocó la mejilla sonrosada de Hansel.

—Sí, primero me comeré al niño —dijo con una risita malvada, pues en realidad la vieja era una horrible bruja que atraía a los niños a su casa y se los comía.

A la mañana siguiente encerró a Hansel en una jaula y mandó a Gretel que le preparara una buena comida a su hermano.

—Tenemos que engordarlo —le explicó la bruja.

Así que Hansel comió como un desesperado mientras que Gretel tuvo que conformarse con las sobras.

La bruja iba todos los días a la jaula y le pedía a Hansel que le enseñara un dedo para ver si había engordado bastante. Pero como la vieja no veía bien, Hansel sacaba un huesecillo de pollo por entre los barrotes para engañarla. Al cabo de un mes a la bruja se le agotó la paciencia.

—Flaco o gordo, vas a ir de cabeza al horno —y mandó a Gretel que encendiera el horno. Luego le pidió que se metiera dentro para ver si estaba bastante caliente, pero Gretel se dio cuenta de que la bruja pretendía cerrar la puerta y asarla junto con su hermano, así que fingió no entenderla:

—Pero ¿cómo se abre la puerta? —le preguntó.

—Así —dijo la bruja, y la abrió.

—¿Y cómo puedo entrar? —preguntó Gretel.

—Entra así —dijo la bruja, y se metió en el horno.

Entonces Gretel cerró la puerta de golpe y la bruja se achicharró[3] hasta que no quedaron de ella más que cenizas.

—¡La bruja está muerta, la bruja está muerta, la malvada bruja está muerta! —cantaba Gretel mientras corría a sacar a Hansel de la jaula.

Los niños entraron en la casa de la bruja y revolvieron por todos los cajones, donde encontraron muchas piedras preciosas. Entonces se llenaron los bolsillos de perlas y piedras preciosas y se alejaron corriendo de la casa de la bruja.

Luego atravesaron el bosque y pronto llegaron a casa. El leñador lloró de alegría cuando vio a sus hijos, y su mujer no pudo enfadarse ya, porque hacía tiempo que estaba muerta y enterrada..., que era lo que se merecía. Y a partir de entonces vivieron felices y nunca más volvieron a pasar hambre gracias a las perlas y las riquezas de la malvada bruja.

3 **se achicharró**: se abrasó, se quemó mucho.

Hermanos Grimm

Blancanieves y los siete enanitos

Érase una vez una joven reina que cosía junto a una ventana. Al mirar cómo caía la nieve, se le escapó la aguja y se pinchó en el dedo. Entonces le salió una gota de sangre.

—¡Ay —suspiró—, cómo desearía tener un niño blanco como la nieve, de labios rojos como la sangre, y de cabellos negros como el ébano[1] de esta ventana!

Un año después aquel deseo se cumplió y la reina dio a luz a una niña de piel tan blanca como la nieve, de labios rojos como la sangre y de cabellos negros como el ébano.

—Llamadla Blancanieves —fueron las últimas palabras de la reina, que murió al poco de nacer la niña.

Cuando Blancanieves tenía un año, el rey se volvió a casar. La nueva reina era muy bella, pero también so-

1 **ébano**: madera negra y muy dura del árbol del mismo nombre.

berbia[2] y muy celosa. No podía soportar que nadie fuera más hermosa que ella. Tenía en el castillo una habitación secreta en donde colgaba un espejo mágico, y todos los días se contemplaba en él y le preguntaba:

Espejo, espejito, di lo que te ordeno:
¿quién es la más bella del reino?

Y el espejo siempre respondía:

Tú eres, oh reina, de todas la más bella.

Y la reina sonreía satisfecha.

Pero cada día la pequeña Blancanieves era más bella y la malvada reina más celosa. El día en que Blancanieves cumplió quince años, la reina se encerró en su habitación secreta, se miró en el espejo mágico y le dijo:

Espejo, espejito, di lo que te ordeno:
¿quién es la más bella del reino?

El espejo, que siempre decía la verdad, respondió:

Tú eres, oh reina, muy hermosa,
pero Blancanieves es más bella y graciosa.

La reina se puso amarilla y verde de envidia. Desde aquel día ya no pudo ver a Blancanieves. ¡La odiaba! Así que llamó a un cazador y le ordenó que llevara a Blancanieves al bosque y que la matara.

---

2 **soberbia**: lo que tiene quien se cree más importante o mejor que nadie.

—¡Y tráeme su corazón, pues así sabré que ha muerto! —le dijo la malvada reina.

Blancanieves se asustó mucho cuando el cazador se la llevó al bosque y sacó su cuchillo. La muchacha lo miró a la cara y los ojos se le llenaron de lágrimas. El cazador sintió lástima de ella y le dijo que corriera a esconderse en el bosque. Cuando regresaba al castillo mató un ciervo y le sacó el corazón para llevárselo a la reina.

El bosque era oscuro y peligroso, pues estaba lleno de bestias salvajes. Blancanieves no dejó de correr hasta que llegó a una pequeña cabaña que estaba en medio del bosque. Muerta de hambre y de cansancio, la muchacha entró. No había nadie en casa, pero encontró una mesa bajita con un mantel blanco preparada para siete personas. Blancanieves comió un poco de cada uno de los siete platos y bebió un sorbito de cada vaso, confiando en que así no lo notarían. Luego probó las siete camitas: algunas eran demasiado pequeñas, otras demasiado estrechas o demasiado altas, pero había una que era justo de su tamaño. Blancanieves se acostó y al instante se quedó profundamente dormida, por lo que no oyó los pasos de siete pares de botas ni el ruido de siete picos al golpear el suelo. Y es que la cabaña pertenecía a siete enanos que se pasaban el día trabajando en las minas de oro y de

plata de las colinas que había más allá del bosque.

—Pero, ¿quién se ha sentado en mi silla? —preguntó uno.

—¿Quién ha comido de mi plato? —preguntó otro.

—¿Quién ha usado mi cuchara? —preguntó el tercero.

—¿Quién ha cortado con mi cuchillo? —preguntó el cuarto.

—¿Quién ha mordido mi pan? —preguntó el quinto.

—¿Quién ha bebido de mi copa? —preguntó el sexto.

—¿Y quién duerme en mi cama? —preguntó el séptimo.

Los enanitos se apresuraron a mirar, y quedaron tan asombrados de la belleza de Blancanieves que no quisieron despertarla. Aquella noche el séptimo enanito tuvo que contentarse con dormir una hora con cada uno de sus compañeros. Al despertar, Blancanieves se asustó al ver siete hombrecitos a su alrededor; pero ellos la trataron tan bien que la muchacha pronto se sintió como en su casa. Los enanos se

enfurecieron al oír su historia, y le hicieron prometer que se quedaría con ellos.

—Puedes cocinar, limpiar y llevar la casa —dijo uno.

—Nosotros pasamos todo el día fuera —dijo otro.

—Debes tener mucho cuidado —advirtió el tercero.

—Seguro que la malvada reina vendrá a buscarte —dijo el cuarto.

—No dejes entrar a nadie —dijo el quinto.

—¡A nadie! —repitieron el sexto y el séptimo.

Así que Blancanieves mantenía la casa en orden y, durante uno o dos meses, fue muy feliz junto a los enanitos. Pero un día la malvada reina entró en su habitación secreta, se miró en el espejo mágico y le dijo:

Espejo, espejito, di lo que te ordeno:
¿quién es la más bella del reino?

Y el espejo, que siempre decía la verdad, contestó:

Tú eres, oh reina, muy hermosa,
pero hay una muchacha más bella y graciosa.
En casa de los siete enanos, entre la espesura,
vive Blancanieves que es más bella que ninguna.

La reina se puso como una furia, pues comprendió que Blancanieves estaba todavía viva y que el cazador la había engañado, de manera que se pasó toda la noche pensando cómo podría matar a Blancanieves. A la mañana siguiente se maquilló la cara y se disfrazó como

una vieja buhonera.[3] Con una cesta cargada de puntillas,[4] cintas y adornos de muchos colores, se encaminó a la cabaña de los siete enanitos.

—¡Puntillas y cintas! —exclamaba—. ¡Cintas preciosas!

Blancanieves se asomó por la ventana y vio los atractivos colores de las cintas y puntillas. Sin poderlo resistir, abrió la puerta y escogió una cinta.

—Déjame que te la pruebe —dijo la anciana—. Puedo ponértela tan bien que no te la podrás quitar.

Blancanieves, sin sospechar nada, dejó que la vieja le ajustara las cintas al cuerpo. Pero al final la malvada mujer se las apretó tan fuertemente que Blancanieves se quedó sin respiración, y cayó como muerta al suelo.

—¡Ahora veremos quién es la más bella y graciosa! —dijo la reina riéndose, y se alejó a toda prisa.

Cuando regresaron los siete enanos y encontraron a su querida Blancanieves en el suelo, se quedaron horrorizados. Cuatro enanos la levantaron y los otros cortaron las cintas que la ahogaban. Poco después Blancanieves volvió a la vida.

---

3 **buhonera**: vendedora que va de pueblo en pueblo.
4 **puntilla**: tira estrecha de encaje que se cose sobre una tela para adornarla.

—Ésa no era ninguna buhonera —dijo un enano.

—Era la malvada reina —dijo otro.

—Debes prometernos que no abrirás a nadie mientras estemos fuera —dijo otro, muy serio.

—Lo prometo —dijo Blancanieves.

En el castillo, mientras tanto, la reina entró en su habitación secreta, se miró en el espejo mágico y le dijo:

Espejo, espejito, di lo que te ordeno:
¿quién es la más bella del reino?

Y el espejo contestó:

Tú eres, oh reina, muy hermosa,
pero hay una muchacha más bella y graciosa.
En casa de los siete enanos, entre la espesura,
vive Blancanieves, que es más bella que ninguna.

La reina enrojeció de rabia. ¡Blancanieves estaba viva todavía! Hecha una furia, se pasó toda la noche fabricando, con su magia negra, un peine adornado con joyas y envenenado: el que se peinase con él, no tardaría en morir. A la mañana siguiente se disfrazó de anciana y se encaminó a casa de los enanos.

—¡Lazos y brazaletes! —gritaba—. ¡Peines y pulseras!

Blancanieves se asomó a la ventana. «No me atrevo a dejarla entrar», se dijo, pero la vieja le mostró el peine y procuró que el sol hiciera brillar las joyas. A Blancanieves le gustó tanto el peine que corrió a abrir la puerta.

—Déjame que te peine —dijo la vieja—. ¡Tienes el pelo tan largo y bonito!

Pero tan pronto como el peine le rozó el cabello, el veneno hizo su efecto y Blancanieves cayó desmayada.

—¡Ya se ha acabado tu belleza! —se rió la malvada reina, y se marchó a toda prisa al castillo.

Cuando los enanos volvieron a casa, le sacaron enseguida el peine envenenado del cabello, y Blancanieves volvió a la vida. Esta vez le hicieron jurar que no abriría a nadie.

Cuando llegó al castillo, la reina volvió a mirarse en el espejo y dijo:

Espejo, espejito,
di lo que te ordeno:
¿quién es la más bella
del reino?

Y el espejo contestó:

Tú eres, oh reina,
muy hermosa,
pero hay una muchacha
más bella y graciosa.
En casa de los siete
enanos, entre la espesura,
vive Blancanieves, que es
más bella que ninguna.

La reina se echó a temblar de rabia. Los dientes le rechinaban y otra vez se pasó la noche planeando maldades. Con ayuda de la magia negra, preparó una manzana envenenada que tenía una parte verde y otra roja, y la colocó encima de una cesta llena de manzanas. Después, se disfrazó de campesina y se encaminó a la cabaña de los enanos.

—¡Manzanas, manzanas rojas y exquisitas! —gritaba.

—No me atrevo a abrir —dijo Blancanieves, asomándose a la ventana.

—Acepta al menos esta manzana —dijo la vieja, y se la dio.

—No me atrevo —dijo Blancanieves, y se la devolvió.

—¿Tienes miedo de que esté envenenada? —dijo la anciana, y partió la manzana en dos—. Mira, yo me comeré media, y tú la otra media.

La manzana estaba tan bien preparada que sólo la mitad roja estaba envenenada. La anciana mordió la parte verde, y Blancanieves alargó la mano para coger la mitad roja. Apenas hubo dado un mordisco cuando el veneno hizo su efecto y cayó muerta al suelo.

—¡Negra como el ébano, roja como la sangre y blanca como la muerte! —dijo la malvada reina, y se fue corriendo al castillo a mirarse en el espejo. Y le preguntó:

Espejo, espejito, di lo que te ordeno:
¿quién es la más bella del reino?

Y el espejo contestó:

Tú eres, oh reina, de todas la más bella.

La reina quedó satisfecha, pues sabía que Blancanieves estaba al fin muerta.

Cuando regresaron los enanos y encontraron a Blancanieves, hicieron todo lo que pudieron para reanimarla. Le cortaron las cintas, le aflojaron el vestido, le humedecieron la cara, pero todo fue inútil. Blancanieves estaba muerta. Los enanitos lloraron y lloraron, pues la querían mucho. Aun muerta, Blancanieves era tan hermosa que no soportaban la idea de enterrarla. Así que construyeron un ataúd de vidrio sobre el que escribieron con letras doradas: «Aquí descansa la princesa Blancanieves». Después, llevaron el ataúd a la cima de una montaña e hicieron turnos para velar[5] a su dulce amiga.

Cinco años más tarde un príncipe se perdió en el bosque y tuvo que pasar la noche en la cabaña de los enanos. Vio el ataúd de vidrio en la cima de la montaña y se maravilló de que Blancanieves continuara tan bella como el día de su muerte. Como no quería apartarse de su lado, el príncipe pidió a los enanos que le entregaran el ataúd. Al principio no quisieron hacerlo, pero el príncipe insistió tanto que al final aceptaron entregárselo.

Mientras el príncipe cabalgaba sin apartar los ojos de la cara de Blancanieves, uno de los sirvientes que llevaba el ataúd tropezó, y el trozo de manzana envenenada salió despedido de la garganta de Blancanieves.

—¡Ay de mí! ¿Dónde estoy? —preguntó la muchacha.

—Estás aquí, conmigo —contestó el príncipe—. Si me acompañas al palacio de mi padre, te convertiré en mi esposa —y la subió a lomos de su caballo.

5 **velar**: estar por la noche con la persona que acaba de morir.

Blancanieves y el príncipe enviaron invitaciones para su boda. La malvada reina, que no sabía quién era la novia, se puso su vestido más hermoso para asistir a la ceremonia, y sonrió satisfecha ante el espejo. Y, como siempre, le preguntó:

Espejo, espejito, di lo que te ordeno:
¿quién es la más bella del reino?

Y el espejo contestó:

Tú, eres, oh reina, muy hermosa,
pero la joven reina es más bella y graciosa.

La malvada reina corrió hecha una furia a la boda. Al ver que la novia no era otra que Blancanieves, se quedó paralizada de la rabia. Entonces colocaron dos zapatos de hierro al fuego y, cuando estuvieron al rojo vivo, obligaron a la reina a ponérselos y a bailar y bailar hasta que cayó muerta.

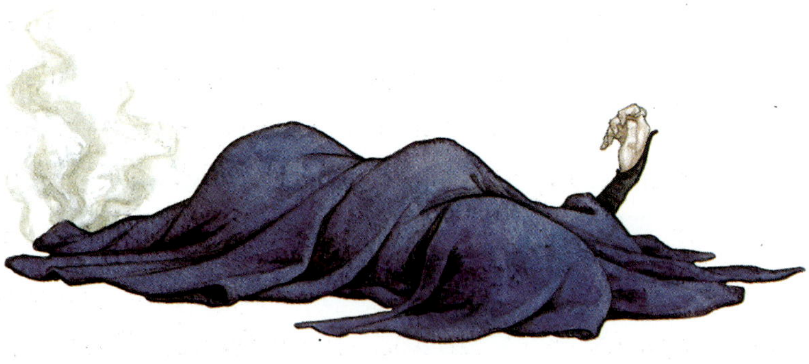

Hermanos Grimm

Los seis cisnes

Érase una vez un rey que salió a cazar y se perdió en el bosque. Al llegar la noche estaba ya desesperado porque aún no había encontrado una salida; pero de repente se le apareció una anciana y le dijo:

—Si te casas con mi hija, yo te mostraré el camino para salir del bosque. Pero si no la aceptas en matrimonio, te quedarás aquí y te morirás de hambre.

Como la esposa del rey había muerto y la hija de la anciana era muy bella, el rey aceptó el trato, pues temía morir de hambre en el bosque. Pero cuando llegó al palacio y se casó con la muchacha se dio cuenta de que había hecho muy mal, pues la anciana del bosque era una bruja y la nueva reina era tan malvada como su madre.

El rey tenía ya siete hijos: seis muchachos y una niña que lucía una estrella dorada en su frente. Como temía que la reina-bruja pudiera hacerles algún daño, ordenó a su criado que ocultara a sus hijos en el bosque. Cuando quería visitarlos, cogía un ovillo de lana mágico que se desenrollaba solo y le conducía al escondite de los niños.

El rey iba tan a menudo a ver a los niños que la reina-bruja comenzó a sospechar. Un día le robó a su marido el ovillo de lana, lo desenrolló y de ese modo pudo encontrar el escondite de los niños. Al verla llegar, los niños la confundieron con su padre, y salieron corriendo a su encuentro. Entonces la reina-bruja los atrapó y les puso unas camisas mágicas que transformaron a los príncipes en cisnes. Las hermosas aves agitaron las alas y echaron a volar, y la rei-

na-bruja se marchó toda contenta, pensando que se había librado para siempre de sus hijastros.

Poco después, la princesa con la estrella dorada salió de la casa y llamó a sus hermanos. Los llamó una y otra vez, pero nadie acudió. Desesperada, la niña se pasó tres días buscándolos por el bosque. Al fin llegó a una pequeña cabaña, entró en ella y encontró un cuarto con seis camitas. Cuando se disponía a sentarse para descansar oyó un batir de alas, y seis cisnes entraron volando por la ventana y se posaron en el suelo al lado de la niña. En un abrir y cerrar de ojos, los seis príncipes se quitaron sus plumajes de cisne, como si fueran camisas, y se abrazaron a su hermana.

—Nuestra madrastra nos ha hechizado —le explicaron—. Cada día podemos recuperar nuestra figura humana durante un cuarto de hora, y luego nos transformamos en cisnes otra vez.

—¿Y qué podría hacer yo para romper este horrible maleficio? —les preguntó la princesa.

—Tendrías que hacer un sacrificio[2] muy grande, y eso sería pedirte demasiado —respondieron sus hermanos.

—Pedidme lo que sea —les rogó la princesa.

Y sus hermanos le dijeron lo que tenía que hacer:

—Debes estar seis años sin hablar ni reírte una sola vez, y cada año debes tejer una camisa con esas flores que se llaman primaveras, una para cada uno de nosotros.

—Eso no es demasiado pedir —dijo la princesa con dulce voz.

En ese momento los príncipes se convirtieron de nuevo en cisnes y echaron a volar.

La princesa fue a recoger las primaveras y, como no debía hablar con nadie, se escondió en lo alto de un árbol y se puso a coser las camisas. Al cabo de dos años había conseguido hacer dos. Al final del tercer año, un joven rey que había salido de caza vio a la princesa escondida en lo alto del árbol.

—¡Baja de ahí! —le gritó, pero la princesa le dijo que no con la cabeza y, pensando que así se marcharía, le arrojó el collar de oro que llevaba.

—¡Baja de ahí! —volvió a gritarle. La princesa siguió sin responderle y le tiró el cinturón de oro que llevaba

---

1 **sacrificio**: sufrimiento o privación de algo para conseguir otra cosa.

puesto. Entonces el rey ordenó a sus criados que la bajaran del árbol y se la llevó al palacio. Y aunque la princesa jamás dijo una sola palabra, el rey se enamoró de ella y al poco tiempo se casaron.

Pero la madre del rey tuvo celos de la joven reina con la estrella dorada en la frente. Y, cuando nació una princesita, la madre del rey robó a la niña y dijo que la reina de la estrella en la frente la había matado. El rey se enfureció con su madre y contestó que su esposa era demasiado buena como para hacer algo tan horrible.

Cuando nació un segundo hijo, la reina madre robó de nuevo a la criatura y acusó otra vez a la joven reina. El rey volvió a enfadarse con su madre. Sabía que su esposa era inocente pero que no podía defenderse porque era muda.

Al nacer un tercer niño, la madre del rey robó también al recién nacido. Esta vez manchó el vestido de la reina con una gota de sangre, por lo que el rey creyó al fin que su mujer había matado al pequeño.

—Quemadla viva —ordenó el rey. Pero, aun así, la reina de la estrella siguió sin decir una sola palabra.

Para entonces ya habían pasado casi seis años. Cinco camisas de primaveras estaban terminadas, y, mientras preparaban la hoguera, la joven reina cosía a toda prisa la sexta. Ya solo le faltaba la manga izquierda.

Llevaron a la reina de la estrella a la hoguera y encendieron el fuego. Las llamas empezaron a crepitar y a elevarse en el aire. Entonces se oyó un batir de alas y seis cisnes salieron volando del bosque. Cuando se lanzaron en picado a desatar a la reina, ella le echó a cada uno una camisa de primaveras. Al instante aparecieron ante el rey seis príncipes. Pero uno de ellos, el más joven, tenía una gran ala blanca de cisne en lugar de un brazo.

Ahora la reina podía hablar y le explicó al rey cómo sus hermanos habían sido hechizados y todas las mentiras que su madre había contado. El rey encontró el lugar en que su madre había escondido a los tres pequeños y ordenó que la quemaran hasta que no quedaran de ella más que cenizas.

Desde entonces la reina de la estrella en la frente vivió feliz con su marido, sus hijos y sus seis hermanos hasta el fin de sus días.

Charles Perrault

El gato con botas

Hace mucho tiempo murió un pobre molinero que tenía tres hijos. Al mayor le dejó el molino,[1] al segundo un burro y al tercero un gato.

—No hemos tenido suerte, gatito —le dijo el pequeño al gato—. Cuando llegue el invierno vamos a morirnos de frío. ¡Tendré que hacerme unos guantes con tu piel!

Al gato no le hicieron ninguna gracia aquellas palabras, así que decidió hablar:

—No desesperes, amo. Yo puedo serte muy útil.

El hijo del molinero se sorprendió al oír hablar a su gato, pero lo escuchó con atención.

—Búscame un buen par de botas, un sombrero con una pluma, y un saco —añadió el gato—. Haz lo que te digo y tu fortuna es cosa segura.[2]

---

1 **molino**: máquina que sirve para moler o machacar trigo u otros cereales.
2 **tu fortuna es cosa segura**: seguro que te haces rico.

El hijo del molinero le trajo al gato lo que le había pedido, y éste se calzó las botas, se puso el sombrero y se dirigió al bosque a grandes zancadas.[3] No tardó en cazar un buen conejo y meterlo en el saco. Entonces salió del bosque, se encaminó al palacio y pidió ver al rey.

El gato hizo una profunda reverencia[4] y dejó el saco en el suelo delante del rey.

—Señor —dijo—, traigo para Su Majestad un regalo de mi amo, el marqués de Carabás.

—Tu amo es muy generoso —le contestó el rey, que se preguntaba quién podría ser el marqués de Carabás. No podía saber, por supuesto, que ése era un nombre que el gato se había inventado para su amo.

Al día siguiente el gato cazó dos gruesas perdices, las metió en el saco y se las regaló también al rey en nombre del marqués de Carabás.

—Tu amo es muy generoso —dijo el rey, que cada vez sentía más curiosidad por conocer a aquel marqués.

Pasó una semana y otra, y día tras día el gato cazaba algún animal y se lo regalaba al rey en nombre del marqués de Carabás. Pasado el tiempo, el gato se enteró de que el rey iba a salir a dar un paseo por el campo en compañía de su bella hija, y le dijo a su amo:

—¡Rápido, amo! Quítate la ropa y échate al río. Haz lo

---

3 **zancadas**: pasos muy largos.

4 **reverencia**: saludo que se hace inclinando el cuerpo hacia adelante.

que te digo y tu fortuna es cosa segura.

El hijo del molinero se sorprendió un poco, pero hizo lo que le decía el gato, quien ocultó la ropa de su amo detrás de una roca. Al pasar la carroza del rey por la orilla del río, el gato salió corriendo a la carretera y gritó:

—¡Socorrooo! ¡El marqués de Carabás se está ahogando!

El rey reconoció al gato, detuvo su carroza y envió a sus hombres a salvar al marqués.

—Señor, señor —dijo el gato—: unos ladrones le han robado la ropa a mi amo y lo han arrojado al río para que se ahogara.

Entonces el rey mandó traer uno de sus magníficos trajes para el marqués.

Vestido con los pantalones de terciopelo del rey y una capa de seda, el joven estaba tan elegante y guapo que la princesa se enamoró locamente de él.

El gato, mientras tanto, se adelantó a grandes zancadas a donde estaban unos campesinos trabajando.

—Cuando el rey pase por aquí —les dijo el gato—, tenéis que decirle que todos estos campos pertenecen al marqués de Carabás, o, de lo contrario, os haré picadillo.[5]

Los campesinos obedecieron sin rechistar, y el rey quedó muy impresionado cuando le dijeron que aquellos campos eran del marqués de Carabás.

5 **os haré picadillo**: os destrozaré.

El gato siguió hasta un campo en el que había más campesinos segando trigo.

—Cuando el rey pase por aquí —les ordenó el gato—, debéis decirle que todas estas tierras pertenecen al marqués de Carabás, o, de lo contrario, os haré picadillo.

Los campesinos hicieron lo que el gato les había dicho, y el rey quedó aún más impresionado. Entonces el gato llegó a un castillo enorme que pertenecía al verdadero dueño de aquellas tierras: un ogro. Con gran osadía,[6] el gato exigió ver al ogro.

—Me han contado —le dijo el gato— que tenéis el poder de transformaros y tomar la apariencia de cualquier animal que escojáis, pero yo no me lo creo.

—¡Es verdad! —rugió el ogro, transformándose en un fiero león.

El gato se llevó tal susto que, de un salto, se subió al tejado. Pero como las botas no estaban hechas para caminar por el tejado, el gato estuvo a punto de caerse.

—También me han dicho —añadió el gato temblando de miedo— que podéis adoptar la forma de animales pequeños, como una rata o un ratón. ¡Eso sí que me cuesta creerlo!

—¡Pues es muy fácil! —rugió el ogro, pero su rugido se convirtió en un chillido agudo al transformarse en un ratón.

---

6 **osadía**: valentía, atrevimiento.

Al instante el gato saltó sobre el ratón y se lo zampó en un abrir y cerrar de ojos. Aquel fue, pues, el fin del ogro.

El gato ordenó entonces a los criados del ogro que prepararan un gran banquete, y salió corriendo justo a tiempo para recibir al rey, a la princesa y a su amo.

—Sed bienvenidos al castillo del marqués de Carabás —les dijo el gato, haciendo una profunda reverencia con el sombrero.

—Tu amo es, sin duda, una persona de gran importancia —le dijo el rey al gato.

Y, cuando el banquete terminó, el rey le ofreció al marqués de Carabás la mano de su hija.

Así pues, la princesa y el hijo del pobre molinero se casaron y vivieron felices por siempre jamás. El gato colgó sus botas y su sombrero con la pluma, se convirtió en un gran señor y ya no corrió tras los ratones más que para divertirse.

Charles Perrault

La Cenicienta

Había una vez un comerciante viudo[1] que decidió casarse de nuevo porque pensó que su única hija necesitaba una madre. Pero su segunda esposa resultó ser una mujer muy orgullosa, que tenía dos hijas tan creídas y egoístas como ella. La hija del comerciante, en cambio, era amable y bondadosa, y eso enfurecía a su madrastra porque la bondad de la muchacha hacía que destacase más el mal carácter de sus propias hijas.

La madrastra convirtió la vida de su hijastra en una pesadilla: la obligó a levantarse muy temprano, a lavar la ropa, a fregar los suelos y barrer las escaleras. La pobre muchacha tenía que dormir en un colchón de paja en el desván,[2] mientras que sus hermanastras disponían de magníficos dormitorios con lujosas camas y grandes es-

1 **viudo**: hombre al que se le ha muerto su esposa.
2 **desván**: parte de una casa que está debajo del tejado.

pejos. Al anochecer, cuando terminaba su duro trabajo, iba a sentarse en el rincón de la chimenea y se calentaba con las cenizas del fuego. Juana, la hermana mayor, solía llamarla Culo-de-ceniza, pero Claudina, la hermana pequeña, la llamaba Cenicienta, y con ese nombre se quedó.

El comerciante tenía miedo del mal carácter de su esposa y Cenicienta sabía que, si se quejaba, su padre se sentiría aún más desgraciado, así que nunca protestó por nada. Con el paso del tiempo, sus ropas se convirtieron en harapos[3] y las manos se le pusieron muy ásperas,[4] pero, aun así, Ceni-

3 **harapo**: ropa muy vieja y rota.
4 **áspera**: que raspa al tocarla.

cienta seguía siendo mil veces más bella que sus hermanastras.

Una mañana Cenicienta bajó del desván y encontró la casa toda alborotada.[5] El rey iba a dar un gran baile para que su hijo escogiera esposa, y había invitado a muchas personas importantes. Juana y Claudina estaban emocionadas y discutían por lo que cada una de ellas se iba a poner.

—Creo que voy a ponerme mi vestido de terciopelo rojo con los volantes de encaje —dijo Claudina—. ¡Cenicienta, este encaje necesita un remiendo!

Juana sacó unas enaguas[6] de volantes con lazos.

—Yo no tengo más que estas viejas enaguas y esta falda, pero encima puedo ponerme mi nueva capa dorada y el collar de diamantes.

—¿Y mi pelo? —chilló Claudina—. ¡Cenicienta, péiname!

Agotada de cansancio, Cenicienta iba recogiendo la ropa que sus hermanas dejaban tirada por el suelo. Después se puso a cepillarle el pelo a Claudina.

5 **alborotada**: en desorden y con las personas nerviosas.
6 **enaguas**: prenda interior que se ponen las mujeres debajo de la falda.

—Y tú, Cenicienta, ¿qué vas a ponerte para el baile? —le preguntó Juana, y se echó a reír entre dientes.

—Los harapos están de moda —se burló Claudina.

—Me estáis tomando el pelo... —les contestó Cenicienta con voz suave—. ¿Cómo voy a ir yo al baile?

—¡Qué ocurrencia, desde luego! —respondió Claudina—. Anda, ve a por mis lunares postizos, y date prisa.

—¡No, no, primero búscame mis rulos! —le gritó Juana, y las dos hermanas empezaron a discutir otra vez.

Cenicienta se pasó dos días trabajando sin parar para las dos hermanas y soportó su mal genio sin quejarse.

Por fin llegó el día del baile, y la madrastra y las dos hermanas partieron hacia el palacio en un carruaje de alquiler. Cenicienta las vio marcharse y, con lágrimas en los ojos, fue a sentarse junto a la chimenea.

—¡Cómo desearía..., yo desearía...! —dijo entre llantos.

—Desearías poder ir al baile, y al baile irás —la interrumpió una voz a su lado. Cenicienta alzó la vista y vio a una anciana apoyada en un bastón—. Soy tu hada madrina y este bastón es mi varita mágica —añadió—. Ahora sé buena y tráeme una calabaza del jardín.

Cenicienta estaba demasiado sorprendida para contestar, así que hizo lo que el hada le pedía y enseguida encontró una calabaza grande y bonita. La anciana la golpeó con su bastón, y, en un santiamén, la calabaza se convirtió en una magnífica carroza dorada.

—Ahora ve a traerme la ratonera pequeña que hay en el establo —le dijo la anciana. Poco después Cenicienta volvió con la ratonera, en la que había atrapados seis ratones grises. Conforme salían los ratones, la anciana les rozaba el hocico con su bastón y los transformaba en caballos. Al instante, seis caballos de un elegante color gris aparecieron ante ella golpeando el suelo con sus pezuñas.

—Falta el cochero —añadió el hada—. Ve a buscar la ratonera grande.

Había tres ratas rollizas en la ratonera grande. La anciana escogió la que tenía los bigotes más largos, le dio un toquecito en el hocico con su bastón y en menos que canta un gallo apareció un cochero gordinflón con un bigote largo y poblado.[6]

Entonces la anciana se quedó pensativa un momento.

—Ah, sí, ya me acuerdo —dijo con dulce voz—. Querida, detrás de la regadera encontrarás seis lagartijas. Tráemelas aquí.

Con un golpecito de su varita mágica transformó a las lagartijas en seis elegantes lacayos.[7]

6 **poblado**: espeso, con muchos pelos.
7 **lacayo**: criado encargado de acompañar a su señor.

—Bueno, ya está todo —concluyó, bajando su bastón.

—Pero, madrina... —dijo Cenicienta—, no tengo un vestido apropiado para el baile...

La anciana sonrió y agitó en el aire su varita mágica una vez más. Al instante los harapos de Cenicienta se convirtieron en un lujoso vestido de terciopelo rosa bordado con piedras preciosas. La muchacha lucía en la cabeza una diadema de plata con diamantes y llevaba en los pies unos zapatos hechos de cristal.

—Ahora ya puedes ir al baile, querida mía —le dijo la anciana—. Pero deberás regresar antes de la medianoche, porque, cuando el reloj dé las doce campanadas, tu carroza se convertirá de nuevo en calabaza y tu hermoso vestido en los harapos que llevas siempre.

El baile ya había comenzado cuando Cenicienta llegó. Al entrar en la sala, todos los ojos se volvieron para mirarla. La orquesta dejó de tocar. El príncipe jamás había visto a una joven tan hermosa. Se adelantó hacia ella y le pidió que le concediera un baile. En el salón todos se hacían las mismas preguntas: ¿Quién era aquella muchacha? ¿Cómo se llamaba? ¿Se trataba de una princesa? ¿Quién era su peluquero? ¿Quién le había hecho el vestido? El príncipe pasó toda la noche bailando con Cenicienta. La joven sólo se apartó de él un momento para hablar con sus hermanastras, que se pusieron coloradas y no pararon de reírse con risitas tontas y de hacerle reverencias.[8] Claudina y Juana no sospecharon ni por un instante que la hermosa princesa era aquella hermanita suya que siempre iba tan sucia.

A las doce menos cuarto de la noche, Cenicienta salió del baile sin que nadie la viera. Al sonar la última de las doce campanadas, el vestido de baile, la carroza, los caballos, el cochero y los lacayos se transformaron de nuevo en lo que eran en un principio. Y cuando las dos hermanastras regresaron a casa se encontraron a Cenicienta sentada como siempre en el rincón de la chimenea.

Claudina y Juana no hablaron de otra cosa más que de la desconocida princesa: de lo hermosa que era, de lo encantadora que se había mostrado con ellas dos y de lo prendado[9] que el príncipe se había quedado de ella.

—¿Y cómo se llamaba? —les preguntó Cenicienta.

—Eso es lo raro… —le respondió Claudina—. Parece que nadie sabía cómo se llamaba.

Cenicienta sonrió y se fue a dormir al desván.

Al día siguiente se anunció un segundo baile, pues el príncipe ansiaba ver de nuevo a la desconocida princesa. Esta vez el hada madrina le dio a Cenicienta un vestido hecho de plata y bordado con perlas. Cenicienta volvió a llegar tarde al baile y de nuevo el príncipe no bailó más que con ella. Las dos horas pasaron tan rápido que ya era

8 **reverencia**: saludo que se hace inclinando el cuerpo hacia adelante.
9 **prendado**: maravillado, enamorado.

casi medianoche cuando Cenicienta se fue. Antes de llegar a casa, su vestido se transformó en harapos.

Al día siguiente el príncipe anunció un tercer baile y esta vez la anciana le dio a Cenicienta un vestido de oro bordado con diamantes. Todo ocurrió como en las ocasiones anteriores, pero Cenicienta se olvidó de mirar el reloj a tiempo, así que, cuando empezaron a sonar las doce campanadas, se soltó de los brazos del príncipe y salió corriendo de la sala de baile. Mientras bajaba a toda prisa las escaleras, se le salió uno de los zapatos de cristal, pero no podía pararse a recogerlo y siguió corriendo hacia la puerta del palacio.

Cuando el príncipe les preguntó a los guardias de la puerta si habían visto salir la carroza de la princesa, le dijeron que no. La única persona a la que habían visto era una joven campesina que corría con una calabaza y una jaula para ratones entre sus brazos.

El príncipe, desesperado, se pasó toda la noche mirando fijamente el zapato de cristal. Por la mañana hizo llamar a todas las princesas del país para que fueran a probarse el zapato; y luego a las duquesas y vizcondesas; y después a las damas de la corte. El zapato de cristal no le venía bien a ninguna de ellas. Entonces el príncipe ordenó a su chambelán[10] que buscara por toda la ciudad; tenía que visitar todas las casas y pedir a todas las jóvenes que se probaran el zapato.

Cuando el chambelán llegó a casa de Cenicienta, las hermanastras se pelearon por ser las primeras en probarse el zapato. Claudina encogió los dedos de los pies, pero tenía los pies muy largos. Juana forzó los talones, pero tenía los pies muy anchos.

—¿Tienen otra hija? —preguntó el chambelán.

—Sí, la llamamos Cenicienta —dijo Juana antes de que su padre pudiera contestar.

—No es más que una criada —añadió Claudina. Pero el chambelán se dio cuenta de la belleza de la muchacha vestida de harapos que estaba sentada en un rincón

10 **chambelán**: persona noble que acompaña al rey.

junto a la chimenea. Le pasó el zapato a Cenicienta y ella se lo puso.

Le caía que ni pintado. Cenicienta echó mano al delantal y sacó el otro zapato. En ese momento apareció su hada madrina y la tocó con su varita. Los harapos se convirtieron en un vestido de seda blanca adornado con perlas. Claudina y Juana se arrojaron a sus pies y le pidieron perdón por lo mal que la habían tratado.

Cenicienta era tan bella como simpática y generosa, así que en seguida las perdonó. Y no solo eso, sino que les encontró marido entre los nobles de la corte. En cuanto a Cenicienta, se casó con el príncipe y vivieron felices por siempre jamás.

Madame Leprince
de Beaumont

La Bella
y la Bestia

Érase una vez un rico mercader que tenía tres hijas. A la menor y más hermosa la llamaban Bella. Tenía un gran corazón y todo el mundo, excepto sus envidiosas hermanas, la adoraba.

Un invierno se desató una terrible tempestad en alta mar y el mercader perdió todos sus barcos. Tuvo que vender su hermosa mansión de la ciudad y trasladarse a una pequeña casa en el campo.

Las dos hermanas mayores no cesaban de llorar y gruñir. Se quedaban todo el día en la cama, lamentando haberse quedado sin sus bonitos vestidos, mientras que Bella se levantaba a las cuatro de la madrugada todos los días para hacer la comida y llevar la casa.

Un buen día llegó a oídos del mercader que uno de sus barcos se había salvado de la tempestad, y decidió ir a la ciudad para recuperarlo.

—Tráeme una capa de piel cuando vuelvas —le dijo la hija mayor mientras su padre se despedía.

—Y a mí un vestido de seda —le pidió la segunda hija.

—Y también un sombrero con cintas —añadió la mayor.

—Pero ¿y qué quiere Bella? —interrumpió el mercader.

—Tráeme una rosa, padre —le contestó Bella. En realidad, lo único que deseaba era que su padre regresara sano y salvo, pero sabía que sus hermanas se meterían con ella si no pedía nada.

El mercader pasó tres días en la ciudad intentando recuperar su barco, pero no lo consiguió. Así que decidió volver a casa, más pobre todavía. Pero a mitad de camino empezó a nevar y, como la nieve borró los senderos, el mercader se perdió. Al final fue a parar a un largo paseo con árboles que conducía a la puerta de una gran mansión.

Antes de que tuviera tiempo de llamar a la puerta, ésta se abrió por sí sola. En el interior de la casa había un amplio salón con columnas de mármol. A un lado ardía un gran fuego junto a una mesa puesta, con la cena ya servida. El mercader entró y se quedó junto al fuego, esperando a que el dueño de la casa apareciera. Pero estuvo esperando un buen rato y, como nadie apareció, al final se sentó a la mesa para comer. Después de la cena subió al piso de arriba y encontró un dormitorio en el que había una cama, que alguien había hecho y abierto para él. Muy agradecido, se acostó en ella y se durmió.

Por la mañana, miró por la ventana y vio que la nieve se había derretido por completo. Un jardín lleno de rosas se extendía hasta las márgenes de un riachuelo. «Este lugar maravilloso debe pertenecer a algún hada buena», pensó. Y, en voz alta, añadió:

—Hada, te agradezco tu amable hospitalidad,[1] pero ahora debo proseguir mi camino.

Al cruzar la rosaleda, el mercader se acordó de lo que Bella le había pedido y arrancó una ramita de rosas blancas. Al instante se oyó un ruido que parecía un trueno y una horrible bestia saltó de entre los arbustos.

—¡Desagradecido! —rugió la bestia—. ¡Te doy albergue[2] y comida, y así es como me pagas! Me has robado lo que más amo en el mundo. ¡Tu castigo será la muerte!

El mercader se quedó aterrado.

1 **hospitalidad**: buen trato que se da a los invitados.
2 **albergue**: refugio, cobijo.

—Perdonadme, señor —dijo el mercader—; no era mi intención robar nada. Tan solo quería una rosa para llevársela a la menor de mis hijas.

—No me llames señor: llámame Bestia, pues eso es lo que soy. Escucha, mercader. Haré un trato contigo. Si una de tus hijas viene a quedarse aquí conmigo por su propia voluntad, te perdonaré la vida.

Al mercader no le gustó nada el trato, pero lo aceptó de mala gana y marchó a casa con el corazón entristecido.

Cuando las dos hermanas mayores oyeron su historia, se pusieron hechas una furia y dijeron que Bella tenía la culpa de todo por haber pedido algo tan estúpido como una rosa. Bella se puso a llorar y dijo que prefería morir antes que ser la causa de la muerte de su padre. Así que, al día siguiente, el mercader y Bella se pusieron en camino para volver a la casa de la Bestia.

Cuando llegaron todo ocurrió como la vez anterior. La puerta se abrió sola; un fuego ardía en la gran sala de mármol y la mesa estaba puesta. Después de cenar, un rugido anunció la llegada de la Bestia, que le dijo a Bella:

—¿Has venido aquí por tu propia voluntad?

—Sí, Bestia —respondió Bella sin atreverse a mirarlo.

—Muy bien —dijo la Bestia—. Mercader, mañana debes irte y no volver aquí jamás. Buenas noches, Bella.

Cuando Bella fue a acostarse, descubrió una puerta con su nombre pintado en oro. Al abrirla se quedó maravillada de lo que vio: una habitación enorme con una librería, un piano y un armario lleno de lujosos vestidos. De una pared colgaba un espejo mágico que le mostraba a Bella lo que pasaba en su casa. En aquel momento pudo ver cómo sus hermanas se reían juntas de su desgracia. Bella se apartó del espejo y abrió un libro. En brillantes letras de oro estaba escrito lo siguiente:

Sé bienvenida, Bella, y no temas nada:
serás reina y señora de esta morada.[4]

Al despertar a la mañana siguiente, Bella encontró varios vestidos y el desayuno preparado. Cuando su padre se fue, Bella salió al jardín a pasear. No vio a nadie hasta las nueve de la noche, cuando se sentó a la mesa para cenar. Entonces oyó un rugido y apareció la Bestia.

—¿Te importa que te contemple mientras comes? —le preguntó con la voz más dulce que sabía poner.

—No, Bestia —le respondió Bella.

—¿Crees que soy horrible? —le preguntó.

Bella lo miró con atención por vez primera.

—Sí —contestó, y volvió la cabeza, pues no quería herir sus sentimientos—. Pero tienes un gran corazón.

—¿Y de qué me sirve tener un gran corazón si soy un monstruo? —suspiró la Bestia, y a Bella le dio tanta lástima que casi se olvidó del miedo que sentía.

4 **morada**: casa.

—Hay muchos seres humanos que merecen más que tú ese nombre de monstruo. Yo te prefiero a ti, con tu aspecto, antes que a muchas personas malvadas y desagradecidas.

Animado por aquellas palabras, la Bestia le pidió a Bella que se casase con él.

—No, Bestia —le respondió Bella, que no pudo disimular su horror. La Bestia lanzó un gemido y desapareció.

Pasó un día y otro, y un mes y otro mes. A Bella empezó a gustarle la vida solitaria que llevaba en la gran mansión. Tenía todo lo que siempre había deseado, e incluso empezó a esperar con cierta ilusión los agradables ratos que pasaba con la Bestia. Pero todas las noches él le pedía que fuese su esposa, y todas las noches ella le respondía que no con voz melancólica. No quería entristecerlo, pero no deseaba casarse con él.

Un día Bella miró al espejo mágico y vio que su padre había caído enfermo de tanto sufrir. Aquella noche le dijo a la Bestia:

—Bestia, nunca me casaré contigo, porque no puedo quererte más que como una amiga.

La Bestia gimió de dolor, pero Bella continuó:

—He decidido quedarme contigo para siempre, pero primero déjame visitar a mi padre, pues está enfermo y me necesita.

La Bestia aceptó, pero le hizo prometer a Bella que no

estaría fuera más de una semana, y le dio un anillo con una piedra de color blanco.

—Cuando quieras regresar —le dijo—, pon este anillo junto a tu cama y estarás de vuelta aquí al día siguiente. Pero cuida de volver en una semana o si no me moriré de pena.

Cuando Bella llegó a casa, su padre se alegró tanto que pronto se puso bien, pero sus hermanas seguían tan egoístas y malvadas como siempre. La mayor se había casado con un hombre inteligente que se reía de continuo de su necia esposa, y la otra con un hombre que sólo pensaba en sí mismo; así que las dos eran muy desgraciadas.

Bella sintió pena de ellas y quiso darles algunos de sus hermosos vestidos. Pero cuando fue a abrir el baúl en donde estaban, el baúl salió volando por la ventana.

—Oh, Bestia —suspiró—. Ya veo que quieres que esos vestidos sean solo para mí —y el baúl reapareció—. Solo piensas en mí, Bestia —continuó—. ¡Eres tan bueno y generoso! ¿Qué importa que seas feo si tienes un corazón de oro? En cuanto vuelva, me casaré contigo.

Pero las hermanas de Bella, que sentían envidia de su riqueza y de su felicidad, decidieron hacerle romper su promesa de regresar junto a la Bestia. Cuando a Bella le llegó el momento de partir, las hermanas se pusieron a llorar con tal desconsuelo que Bella decidió quedarse una semana más.

Aquella noche Bella soñó que veía a la Bestia tendido en su jardín a la orilla del río. La expresión de sufrimiento que había en su cara le dio tanta pena a Bella que se despertó bañada en lágrimas: «¡No debería haber faltado a mi promesa!», pensó. Así que colocó el anillo junto a su cama y a la mañana siguiente se encontró en su dormitorio de la casa de la Bestia.

Se puso su vestido más elegante y esperó ansiosa a que llegara la noche. Cuando dieron las nueve y no apareció la Bestia, se inquietó. Lo buscó por toda la mansión, llamándolo. Salió corriendo a la terraza, bajó hasta las fuentes y dejó atrás la rosaleda hasta que al fin lo encontró tendido junto al arroyo, tal y como lo había visto en sueños. El pobre estaba al borde de la muerte.

Bella corrió hacia él y le humedeció la cara con agua. La Bestia abrió poco a poco los ojos, y le dijo:

—No cumpliste tu promesa, y por eso voy a morir. Pero al menos moriré feliz, pues he podido volver a verte.

—¡No te puedes morir, Bestia! —gimió Bella—. ¡Debes vivir para ser mi esposo! ¡Pensaba que solo te quería como amigo, pero ahora me doy cuenta de que no puedo vivir sin ti!

Al decir esto, el cielo se iluminó con unos espléndidos fuegos artificiales. Deslumbrada, Bella cerró los ojos, pero al volver a abrirlos, vio ante ella a un muchacho muy apuesto. La Bestia había desaparecido.

—Hasta ahora yo era la Bestia para ti —dijo el joven—. Pero al acudir a mí libremente y prometer ser mi esposa, has roto el hechizo que pesaba sobre mí, y ahora vuelvo a ser un hombre. Si no llegas a aparecer tú, que tienes un corazón tan bondadoso, ¿quién se hubiera dejado conmover sólo por mi buen carácter?

Bella y el príncipe se casaron y vivieron felices por siempre jamás. Y las hermanas envidiosas fueron transformadas en estatuas para espantar a las palomas del jardín del príncipe.

Charles Perrault

La Bella Durmiente

Había una vez un rey y una reina que eran muy infelices porque no tenían hijos. Al cabo de muchos años, cuando ya casi habían perdido toda esperanza, la reina dio a luz a una hermosa niña.

Se preparó un grandioso bautizo, y pidieron a siete hadas que fueran madrinas de la princesa recién nacida. En el magnífico banquete se reservaron siete asientos de honor para las siete madrinas. Cada una de ellas tenía una copa de oro con rubíes y diamantes, así como un cuchillo, una cuchara y un tenedor de oro.

Cuando los invitados se sentaban a cenar, se oyó a alguien refunfuñar fuera de la sala, y al instante entró cojeando una hada muy vieja y arrugada. Estaba hecha una furia. Vivía en una torre muy alta del castillo y nadie la había visto desde hacía cincuenta años, así que todos se habían olvidado de ella.

Enseguida le hicieron un sitio en la mesa, pero no quedaban copas, cuchillos, cucharas ni tenedores de oro para la vieja hada, así que tuvo que conformarse con un servicio de plata. Tomó asiento murmurando que se vengaría. Un hada joven que estaba sentada cerca de ella oyó las amenazas y temió por la vida de la princesa. Así que, mientras las otras hadas ofrecían sus regalos, el hada joven se escondió detrás de las cortinas. Una a una las hadas fueron concediendo sus dones[1] a la princesa. La primera le concedió el don de la belleza; la segunda el de la

1 **dones**: cualidades buenas de una persona que las hadas le regalan a la princesa.

bondad; la tercera el de la simpatía; la cuarta el arte de la danza; la quinta dijo que la princesa cantaría como un ruiseñor, y la sexta que podría tocar cualquier instrumento musical. Entonces la vieja hada se levantó temblando de rabia y, señalando con un dedo huesudo a la cuna, dijo:

—Yo también voy a hacerle un regalo a la princesa: cuando cumpla dieciséis años, se pinchará el dedo con el huso de una rueca,[2] y morirá.

Un grito de horror resonó en la sala. Entonces el hada más joven salió de detrás de las cortinas y dijo:

—No tengo poder para deshacer este maleficio, pero le concedo este don a la princesa: cuando cumpla dieciséis años, se pinchará el dedo, pero no morirá. Se quedará dormida durante cien años, y entonces un príncipe vendrá a despertarla.

La princesa fue creciendo tan hermosa como las hadas habían deseado. El rey prohibió e hizo destruir los husos y las ruecas en todo el reino, y pronto todos se olvidaron del hechizo del hada malvada. Hasta que llegó el día en que la princesa cumplió los dieciséis años.

---

2 **rueca**: máquina que sirve para hacer hilo; está compuesta por una rueda y un **huso** (pieza alargada y redonda acabada en punta) donde se arrolla el hilo.

Mientras paseaba por el castillo, la princesa descubrió una pequeña escalera de caracol que jamás había visto. Subió hasta el final y allí encontró una habitación en la que una viejecita hilaba. La anciana no sabía que las ruecas habían sido prohibidas.

La princesa se quedó mirando, asombrada, cómo giraba la rueca.

—¡Déjeme probar a mí, por favor! —rogó a la anciana, pero tan pronto como cogió el hilo se pinchó con el huso y cayó desmayada al suelo.

Horrorizada, la anciana pidió ayuda. La gente acudió corriendo, pero nadie pudo reanimar a la princesa, que estaba profundamente dormida y con una suave sonrisa en los labios. El rey ordenó que le construyeran un magnífico lecho con brocados[3] de oro y de plata. Entonces llamaron al hada joven, pero nada pudo hacer. Al ver a la princesa durmiendo en su magnífico lecho de oro y plata, se mostró muy preocupada. «Cuando se despierte dentro de cien años, la princesa se asustará mucho al verse sola y comprobar que todo ha cambiado», se dijo. Así que el hada se aseguró de que nada cambiaría. Para ello recorrió todo el castillo y fue tocándolo todo con una varita mágica. Y las damas que se vestían, los nobles que bebían, los soldados de guardia, los cocineros que hacían pasteles, los pinches[4] que hacían girar el asador, los gatos a punto de saltar, los caballos que coceaban las puertas del establo…, todos cayeron en un sueño profundo a un toque de la varita.

Con el paso de los años fue creciendo alrededor del castillo una densa[5] vegetación de espinos que lo ocultaba a la vista. Nadie se atrevía ya a acercarse. Y todos se olvidaron de la princesa durmiente.

Cien años después un príncipe que había salido a cazar vio reflejarse el sol en las torres de un castillo lejano, que asomaban tras un oscuro bosque.

—¿De quién es ese castillo? —preguntó a quienes le

---

3 **lecho**: cama; **brocado**: tela de seda con hilos de oro y plata.
4 **pinche**: ayudante de cocina.
5 **densa**: muy apretada, muy abundante.

acompañaban, pero nadie le supo responder. Entonces fue a preguntar a los campesinos de los alrededores. Uno dijo que el castillo estaba encantado, otro que allí vivía una bruja, otro que pertenecía a un ogro que comía niños para el desayuno. En eso se acercó un anciano que le explicó una historia que el padre de su padre le había contado, una historia de una princesa durmiente.

El príncipe decidió descubrir la verdad por sí mismo, así que desenvainó la espada para abrirse camino por entre los espinos que rodeaban el castillo. Pero, misteriosamente, las ramas se apartaban para dejarle paso al príncipe, y luego se volvían a cerrar cuando ya había pasado. De esa manera nadie pudo seguirlo. El príncipe continuó cabalgando hasta llegar al patio del castillo, que estaba lleno de personas tan inmóviles que parecían muertas. Luego fue recorriendo una a una todas las salas hasta que encontró la habitación con la cama de oro y plata. El príncipe se quedó admirado de la belleza de la princesa y, al inclinarse para besarla, ella abrió los ojos y dijo:

—Por fin ha llegado mi príncipe. ¡Cuánto tiempo me has hecho esperar!

El príncipe estaba tan sorprendido que no sabía qué decir. Pero la princesa no dejaba de hablar, y, mientras hablaba, todo el mundo se iba despertando y acudiendo a sus quehaceres. El príncipe y la princesa se casaron aquel mismo día y vivieron siempre felices.

Hermanos Grimm

Las doce princesas bailarinas

Había una vez un rey que tenía doce hijas muy bellas. Todas dormían en una misma habitación, en doce camas puestas una al lado de la otra. Cada noche el rey cerraba el dormitorio con llave. Pero a la mañana siguiente, los zapatos de todas las princesas aparecían desgastados de tanto bailar, sin que nadie supiera cómo había podido ocurrir tal cosa. Desconcertado y furioso, el rey hizo saber que quien descubriera adónde iban sus hijas por la noche podría escoger a cualquiera de ellas por esposa y convertirse en rey cuando él muriera; pero que, si durante tres días y tres noches el que se presentara no lograba averiguarlo, sería castigado con la muerte.

El primero en intentarlo fue un príncipe. Tan pronto como tomó asiento en el dormitorio de las doce camas, empezaron a cerrársele los párpados. Hizo verdaderos esfuerzos por permanecer despierto, pero en menos de

un minuto estaba profundamente dormido. Y cuando a la mañana siguiente abrió los ojos, descubrió que las doce princesas habían estado bailando, pues las suelas de sus zapatos estaban agujereadas. ¿Por dónde habrían podido escapar?, se preguntaba el príncipe. Pero lo mismo ocurrió la noche siguiente y la otra, y, como no logró averiguar lo que pasaba, al cuarto día le cortaron la cabeza.

Muchos jóvenes acudieron a probar suerte, pero ninguno consiguió permanecer despierto y averiguar adónde iban las princesas por la noche. Un día llegó al reino un soldado que regresaba a casa de la guerra. Al atravesar el bosque cerca del castillo del rey se encontró con una ancianita que le preguntó adónde se dirigía.

—Yo mismo no lo sé, señora —le contestó el soldado—; pero creo que me gustaría descubrir dónde bailan las princesas para poderme casar con una de ellas.

—Eso te resultará muy fácil, si haces lo que yo te diga —le respondió la anciana—: cuando el rey te encierre con las princesas, una de ellas te ofrecerá un vaso de vi-

no y entonces tú debes fingir que te lo tomas y que te quedas profundamente dormido —y la anciana sacó entonces de su bolsa una capa de un tejido suave de color gris—. Esta capa te hará invisible: póntela y podrás seguir a las princesas allá adonde vayan.

El soldado cogió la capa y la metió en su mochila. Se volvió para darle las gracias a la anciana, pero no vio a nadie. Cuando llegó al castillo, todo ocurrió exactamente como la anciana le había dicho. Tan pronto como el rey hubo girado la llave en la cerradura, la mayor de las princesas le dio al soldado un vaso de vino. Pero cuando nadie lo miraba, el soldado lo tiró con disimulo. Después se sentó en una silla y empezó a bostezar. Al cabo de unos minutos estaba roncando sonoramente, como si estuviera dormido.

La mayor de las princesas se acercó a él para comprobar que dormía. Y, al ver que el soldado tenía los ojos completamente cerrados, comentó:

—Éste es como los demás —y se echó a reír.

Las princesas abrieron entonces un armario, y se pusieron sus maravillosos vestidos y sus nuevos zapatos. Mientras se arreglaban, todas saltaban de alegría menos la pequeña, que parecía sospechar algo.

—Aquí hay algo que no va bien —dijo.

—Tonterías —le contestó la mayor—. Siempre tienes miedo.

Entonces dio una palmada y su cama desapareció bajo el suelo, y quedó al descubierto un tramo de escaleras que conducían bajo tierra. Una tras otra las princesas desaparecieron escaleras abajo y, cuando la última se hubo marchado, el soldado se levantó de un salto, se puso la capa que le había dado la anciana y las siguió.

A la mitad de las escaleras, el soldado pisó el vestido de la princesa más pequeña.

—¡Alguien me ha tirado del vestido! —gritó.

—No seas tonta —replicó la mayor—. Aquí abajo no hay nadie. Debes de haberte enganchado el vestido con algún clavo.

Al pie de las escaleras se abrió una puerta, y el invisible soldado siguió a las doce princesas por una resplandeciente avenida de árboles. Al mirar las hojas de cerca, el soldado descubrió que todas eran de plata. Así que, para quedarse con una prueba de que había pasado por aquel lugar, arrancó una ramita, y al instante se oyó una explosión.

—¿Qué ha sido eso? —gritó asustada la princesa más pequeña.

—Eso es un disparo de cañón con el que nos dan la bienvenida —respondió la mayor, y condujo a todas las demás por otra avenida en que los árboles tenían las hojas de oro, y luego por otra con árboles de hojas de diamantes resplandecientes. Cada vez que el soldado cogía una ramita se oía una explosión, y la princesa gritaba asustada.

Finalmente llegaron a un lago en el que había doce barcas con doce apuestos príncipes esperando para llevarlas a la otra orilla. El invisible soldado subió a la barca de la princesa más pequeña. A mitad del recorrido, su apuesto príncipe suspiró:

—La barca parece más lenta y pesada esta noche.

—Es por el calor —le respondió la princesa más pequeña, que, sin embargo, seguía temblando de miedo.

Al llegar a la otra orilla del lago entraron en un castillo donde tocaba una orquesta. Entonces las doce prince-

sas y los doce apuestos príncipes se pusieron a bailar. Bailaron y bailaron sin cesar durante muchas horas, y el invisible soldado bailó también, aunque sin pareja. Cada vez que una de las princesas iba a beber vino de una de las copas doradas, el soldado le quitaba la copa de las manos y se bebía el vino él. La princesa más pequeña temblaba de miedo, pero sus hermanas no parecían darse cuenta de nada.

A las tres de la madrugada las princesas tenían los zapatos destrozados de tanto bailar, así que los príncipes las llevaron a la orilla opuesta del lago. Esta vez el soldado subió a la barca de la mayor de las princesas, y no se separó de ella cuando volvieron a pasar por la avenida de árboles con hojas de diamantes, por la avenida de árboles con hojas de oro, por la avenida de árboles con hojas de plata, ni al subir las escaleras que llevaban al dormitorio de las princesas. Al llegar allí, el soldado las adelantó y se dejó caer en la silla.

—Todo está en orden —dijo la princesa mayor al escuchar los ronquidos del soldado. Entonces dio una palmada y la cama reapareció de debajo del suelo. Luego las princesas guardaron sus vestidos de baile, tiraron sus destrozados zapatos bajo la cama y se acostaron.

Cuando el rey abrió la puerta a la mañana siguiente, el soldado no dijo nada. Pero volvió a seguir a las princesas esa noche y la siguiente. Todo sucedió del mismo mo-

do. La tercera y última noche, el soldado cogió una copa de oro del castillo. Y, cuando a la mañana siguiente, el rey abrió la puerta, el soldado se lo contó todo y le enseñó las pruebas: las ramitas con las hojas de plata, de oro y de diamantes. También le mostró la copa de oro.

—Pero, ¿y cómo es que los zapatos de mis doce hijas se destrozan de ese modo? —le preguntó con asombro el rey.

—Porque se pasan la noche bailando con doce apuestos príncipes que viven en un castillo subterráneo situado a la orilla de un lago —contestó el soldado.

Entonces las princesas vieron que su secreto

había sido descubierto y que mentir no servía de nada. Y el soldado, como recompensa, pudo escoger a una de ellas por esposa.

—¿Cuál prefieres? —le preguntó el rey.

—Yo ya no soy joven —respondió el soldado—, así que elegiré a la mayor.

Y eso hizo. Y cuando el rey murió, el soldado fue nombrado rey y gobernó muy sabiamente.

Pero nadie ha vuelto a saber qué fue de las otras once princesas bailarinas ni de los doce apuestos príncipes que vivían en el castillo subterráneo situado a la orilla del lago.

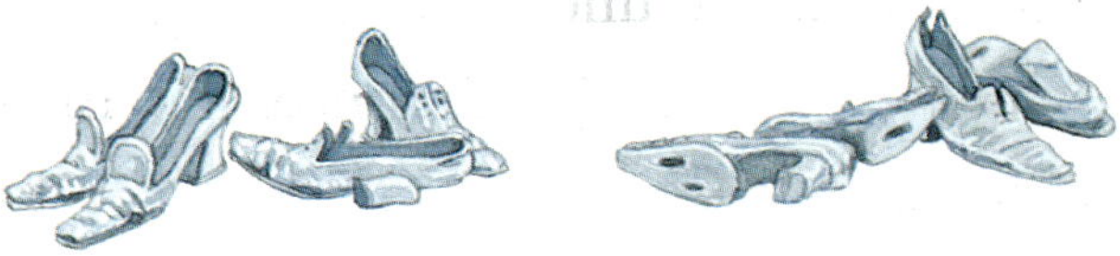

Hermanos Grimm

Rapónchigo

Había una vez un pobre labrador que era vecino de una bruja. Él y su esposa ansiaban tener un hijo, y al final la mujer se quedó embarazada. Un día estaba ella asomada a la ventana cuando vio unos frescos y verdes rapónchigos[1] en el huerto de la bruja. Entonces le vinieron unas ganas tremendas de probarlos, y le dijo a su marido:

—¡Ay!, si no me traes algún rapónchigo de los que crecen en el huerto de la bruja, me moriré.

La mujer estaba tan pálida que el labrador comprendió que decía la verdad. Así que, al oscurecer, saltó la tapia y entró en el huerto de la bruja. A toda prisa, cogió un manojo de rapónchigos y se los llevó a su esposa. La mujer se los comió con avidez,[2] pero estaban tan sabro-

1 **rapónchigo**: planta de flores azules; sus raíces y hojas son tiernas y se pueden comer en la ensalada.

2 **con avidez**: con muchas ganas.

sos que al día siguiente le pidió más. El labrador saltó la tapia de nuevo, pero en esta ocasión la bruja lo estaba aguardando.

—¡Quien me roba rapónchigos lo paga con la vida! —chilló la bruja hecha una furia.

—Son pa... pa... para mi mujer —tartamudeó el labrador—. Sin ra... ra...pónchigo se mo... morirá, y mi niño también.

—Si lo que dices es verdad —dijo la bruja—, coge los rapónchigos que quieras. Pero con una condición: cuando nazca la criatura, tendrás que entregármela.

El labrador estaba tan asustado que no tuvo más remedio que aceptar, y cuando la niña nació, la bruja acudió en seguida para llevársela. Le puso por nombre Rapónchigo, en recuerdo de las plantas que el labrador le había robado.

Rapónchigo fue creciendo y se convirtió en una bella muchacha de larguísimos y rubios cabellos. El día que cumplió doce años, la bruja la llevó al bosque y la encerró en una torre muy alta que no tenía puerta ni escaleras. Cuando la bruja quería subir a la torre, decía:

Rapónchigo, bonita,
deja caer tu trencita.

Entonces Rapónchigo se soltaba la larga trenza, la enrollaba a un gancho de la ventana y la dejaba caer. Lue-

go la bruja se agarraba a ella con fuerza y trepaba por la pared.

Rapónchigo estaba sola a menudo en su habitación y a veces se quedaba mirando el bosque y cantaba tristes canciones. Un día, un joven príncipe que había salido a cazar oyó su hermoso y triste canto y fue a ver de dónde provenía. Miró hacia la torre, pero no pudo ver el rostro de Rapónchigo, pues la ventana estaba demasiado alta. Y como la torre no tenía puerta ni escaleras, tuvo que volver al palacio sin conocer a la misteriosa muchacha.

Pero como el príncipe se había enamorado de aquella dulce voz, cada día regresaba a escucharla. Hasta que en una ocasión vio a la bruja acercarse a la torre y se escondió detrás de un árbol. La oyó llamar a Rapónchigo y entonces vio cómo descendía la trenza y cómo trepaba la bruja por ella. «De modo que ésa es la escalera por la que se sube a la torre», pensó el príncipe. Al día siguiente, cuando se hizo de noche, fue a la torre y exclamó:

Rapónchigo, bonita,
deja caer tu trencita.

Y la trenza comenzó a bajar. El príncipe trepó entonces por la larga trenza y entró en la habitación.

Rapónchigo se asustó mucho al principio, pues jamás había visto a un hombre. Pero el príncipe fue a visitarla todos los días y Rapónchigo pronto se enamoró de él. Cada vez que el príncipe iba a verla, le llevaba una madeja de hilo de seda. Y cuando no estaba la bruja, Rapónchigo tejía la seda para hacer una escalera y así poder escapar de la torre y casarse con el príncipe. Pronto la tuvo casi terminada, y Rapónchigo no pensaba más que en fugarse con el príncipe. Un día, sin querer, le dijo a la bruja:

—¿Cómo tardas tanto en subir a la torre? El príncipe sube mucho más deprisa.

Entonces la bruja comprendió que un príncipe solía visitar a Rapónchigo y se puso hecha una furia. Sin pensárselo dos veces, cogió unas tijeras y le cortó el pelo de raíz. Después la llevó hasta un desierto y la abandonó allí.

Al caer la noche, la bruja regresó a la torre, sujetó la trenza cortada en el gancho de la ventana y se sentó a esperar. Poco después llegó el príncipe y gritó:

Rapónchigo, bonita,
deja caer tu trencita.

La bruja dejó caer la trenza y el príncipe subió en un santiamén. Al llegar a la ventana, quedó horrorizado al ver a la bruja que chillaba:

Tu pájaro enjaulado
de su nido ha volado.
Se lo ha comido el gato,
que ahora quiere tus ojos
como segundo plato.

Comprendiendo lo que la bruja quería decir con aquellas palabras, y desesperado por el dolor, el príncipe se arrojó por la ventana y fue a caer sobre un espino que se le clavó en los ojos y lo dejó ciego.

Durante mucho tiempo el príncipe caminó perdido y triste por todo el mundo hasta que un día llegó a un desierto y oyó la dulce y triste voz de Rapónchigo, a quien creía muerta.

Cuando la muchacha vio que el príncipe estaba ciego, se puso a llorar con gran desconsuelo. Pero, cuando sus lágrimas cayeron en los ojos del príncipe, su amado recuperó la vista y los dos se unieron en un tierno abrazo.

Al regresar al palacio, el príncipe mandó buscar a la bruja y la encerró para siempre en la torre donde la malvada vieja había tenido prisionera a Rapónchigo. Poco tiempo después se casó con la hermosa muchacha de la larga trenza rubia y los dos vivieron felices por siempre jamás.

actividades

El príncipe sapo

Argumento

1 La princesa de «El príncipe sapo» pierde su bola de oro en el fondo de un estanque. ¿Qué le pide el sapo por sacarla del agua? (pág. 10)

2 Cuando el sapo le devuelve su bola, la princesa se niega a cumplir lo que le ha prometido. ¿Qué le dice entonces el rey? (pág. 12) ¿Le hace caso la princesa? (págs. 12-14)

3 Al final del cuento, la princesa se lleva una sorpresa enorme, pues el sapo no es quien parece. ¿Quién es en realidad el sapo y por qué deseaba convivir con la princesa? (pág. 14)

Comentario

1 ¿Cómo demuestra la princesa que el sapo le desagrada? ¿En qué momento se arrepiente de lo mal que lo trata? ¿Crees que la princesa se habría comportado del mismo modo si el sapo hubiese sido un pájaro de plumas bellísimas?

2 La princesa **hace una promesa** que luego no quiere cumplir. ¿Te parece que hace bien? ¿Te gustaría a ti ser amigo o amiga de alguien que no cumple sus promesas? ¿Por qué?

3 El final feliz del cuento nos demuestra que algunas cosas que nos convienen pueden parecernos poco agradables.

Es lo que pasa, por ejemplo, con estudiar o ir al médico. Haz una lista de cosas que no te gusten pero que, sin embargo, sean buenas para ti.

4 El sapo del cuento es **una criatura hechizada**. ¿Crees que en la vida real existen los hechizos? Discútelo con tus compañeros.

Expresión

1 Supón que, antes de encontrarse con la princesa, el sapo del cuento llevaba **un diario**. **Escribe una de sus páginas**, en la que el sapo explica cómo es su vida cotidiana en los jardines del rey, qué cosas echa de menos de cuando era príncipe y cómo se siente por el hecho de ser un sapo.

2 El príncipe del cuento da a entender que **una bruja lo convirtió en sapo**, pero no aclara por qué. Invéntate tú las razones por las que la bruja se enfadó con él y decidió hechizarlo, y explícaselas luego al resto de la clase.

Hansel y Gretel

Argumento

1 Los hermanos Hansel y Gretel son abandonados en el bosque en dos ocasiones. ¿Por qué? (pág. 15) ¿Cómo regresan a casa la primera vez? (pág. 17) ¿Por qué no lo consiguen en la segunda ocasión? (pág. 18)

2 Hansel y Gretel encuentran una casa en medio del bosque. ¿Qué tiene de especial? (pág. 18) ¿Qué hacen los niños cuando la ven? (págs. 18-20)

3 La dueña de la casa es una bruja que se alimenta de niños. ¿Por qué espera un tiempo antes de comerse a Hansel? (pág. 20) ¿De qué manera la engaña el muchacho? (págs. 20-21) ¿Cómo acaba Gretel con la vieja? (págs. 21-22)

4 Al final, Hansel y Gretel logran remediar la pobreza de su padre. ¿Cómo lo consiguen? (pág. 22)

Comentario

1 Aunque **Hansel** y **Gretel** se enfrentan a grandes peligros, ambos salen bien parados gracias a su extraordinaria astucia. ¿Cómo demuestran lo listos que son? (págs. 16-18 y 20-22)

2 En este cuento hay dos personajes muy malvados: **la madrastra** y **la bruja**. ¿Qué maldades comete

cada una de ellas? ¿Qué castigo reciben al final? ¿Dirías que la madrastra es egoísta? ¿Por qué?

3 ¿Por qué crees que **el padre** acepta abandonar a sus hijos en el bosque? ¿Cómo demuestra lo mucho que en realidad quiere a Hansel y Gretel?

4 Con este cuento, los hermanos Grimm nos advierten que muchas veces las personas malvadas intentan atraerse a los niños ofreciéndoles cosas que les gustan. ¿Qué harías tú si un desconocido te ofreciera caramelos a la salida del colegio? ¿Te fiarías de él? ¿Por qué?

5 «Hansel y Gretel» viene a demostrar que hay cosas atractivas o apetitosas que sin embargo son malas. ¿Conoces alguna de esas cosas?

Expresión

1 El padre de Hansel y Gretel lo pasa muy mal por culpa de la miseria en que vive. Por desgracia, las **personas pobres** no solo existen en los cuentos: seguro que más de una vez has visto mendigos en la calle y que has sentido pena por ellos. Escríbele una carta al presidente del gobierno recordándole lo pobres que son algunas personas en nuestro país y proponiéndole soluciones para acabar con ese problema.

Blancanieves y los siete enanitos

Argumento

1 Cuando Blancanieves cumple quince años, una reina malvada decide matarla. ¿Por qué? (pág. 24) ¿Cómo salva su vida la muchacha? (pág. 26)

2 Tras librarse de la muerte, Blancanieves se adentra en el bosque, donde encuentra una cabaña. ¿Quiénes viven en ella y a qué se dedican? (págs. 26-27) ¿Qué le proponen a Blancanieves tras escuchar su historia? (pág. 28)

3 La reina intenta matar a la muchacha otras tres veces. ¿Qué hace en cada ocasión? (págs. 29-33)

4 Al final, Blancanieves resucita y la malvada reina recibe un castigo terrible. ¿Cómo recupera la vida Blancanieves? (pág. 34) ¿Qué le propone el príncipe? (pág. 34) En cambio, ¿qué castigo sufre la reina? (pág. 34)

Comentario

1 **Blancanieves** es una muchacha amable y bondadosa pero **demasiado confiada**. ¿Quiénes le avisan de que no debe fiarse de los extraños? ¿Por qué Blancanieves no les hace caso?

2 La **madrastra** de Blancanieves es una mujer **muy envidiosa**. ¿Crees que tiene motivos para serlo?

Cuando alguien envidia lo que tiene otro, ¿quién sufre más: la persona que envidia o la que es envidiada?

3 Otros personajes, en cambio, sienten **compasión** de Blancanieves, es decir, sienten pena por sus desgracias. ¿Qué personajes se compadecen de Blancanieves? ¿Has sentido tú compasión alguna vez? ¿Por quién?

4 En «Blancanieves y los siete enanitos» aparecen varios **objetos mágicos**. ¿Qué tiene de especial el espejo de la reina? ¿Y el peine y la manzana que la vieja le ofrece a Blancanieves?

Expresión

1 La madre de Blancanieves dice que desea tener un hijo «blanco como la nieve, de labios rojos como la sangre y de cabellos negros como el ébano». Como habrás observado, la reina emplea varias **comparaciones**, pues relaciona las cualidades que espera de su hijo con tres objetos que las tienen. ¿Qué comparaciones podría usar la reina si quisiese un hijo muy alto, muy veloz y muy valiente?

2 En el cuento hay un personaje del que sabemos muy poco: **el cazador** que le perdona la vida a Blancanieves. Di cómo es e imagina qué le sucedió después de que la reina descubriese que Blancanieves seguía con vida.

3 Los hermanos Grimm tampoco nos dan muchos detalles sobre **los enanitos**, pero a ti no te costará demasiado ponerle un nombre a cada uno de ellos y describir cómo son. Ayúdate de las ilustraciones de las páginas 26 y 27.

Los seis cisnes

Argumento

1 Al principio del cuento, un rey se casa con una bruja. ¿Por qué? (pág. 37) ¿Dónde esconde el rey a sus hijos para alejarlos de su nueva esposa? (pág. 38) Sin embargo, ¿cómo los encuentra la bruja y de qué manera los castiga? (pág. 38)

2 De las maldades de la bruja solo se libra la hija del rey. ¿Qué hace la joven para acabar con el sufrimiento de sus hermanos? (pág. 40)

3 La muchacha se casa con un rey, pero la madre del rey tiene celos de ella y la acusa de una maldad que no ha cometido. ¿Cuál? (pág. 41) ¿Por qué la joven no se defiende? (pág. 41) ¿Qué castigo está a punto de recibir por culpa de su silencio? (pág. 41) ¿Cómo se salva la muchacha al final del cuento? (pág. 43)

Comentario

1 El **primer rey** que aparece en el cuento lo pasa mal cuando descubre que su esposa es una bruja. ¿Te parece normal que el rey tenga miedo de ella? ¿Cuál de los dos personajes crees que es más poderoso: el rey o la bruja? ¿Por qué?

2 La **joven de la estrella en la frente** se sacrifica por sus hermanos. ¿Serías tú capaz de hacer lo mismo que la princesa? ¿Crees

que alguien se ha sacrificado por ti alguna vez? ¿Quién? ¿Qué le demostramos a una persona cuando nos sacrificamos por ella?

3 Al final del cuento, el rey descubre que **su madre es malvada** y **la castiga con la muerte**. ¿Te parece un castigo adecuado? ¿No sería preferible perdonarla? ¿Qué piensas de los castigos violentos? En realidad, ¿para qué debe servir un castigo?

4 En el cuento aparecen varios **objetos con propiedades mágicas**. ¿Qué tiene de particular el ovillo de lana que usa el rey? ¿Por qué crees que el maleficio de la bruja ha de deshacerse con unas camisas y no con otra prenda cualquiera?

Expresión

1 La bruja del cuento transforma en cisnes a los hijos del rey. Supón que un mago te da la posibilidad de **convertirte en un animal** por unos días. ¿Cuál elegirías? ¿Por qué?

2 Los hermanos Grimm no explican **qué fue del príncipe que conservó un ala de cisne** tras convertirse en hombre. Usa tu imaginación para explicarle al resto de la clase lo que le ocurrió a ese personaje después de que salvase a su hermana.

El gato con botas

Argumento

1 ¿Por qué el hijo del molinero amenaza con matar a su gato? ¿Qué le pide el animal a su amo para ayudarle? (pág. 44) ¿A quién le regala el gato los animales que caza? (pág. 45) ¿De parte de quién hace esos regalos? (pág. 45)

2 Un día, el gato le ordena a su amo que se desnude y se eche al río. ¿Qué logra con eso? (págs. 46-47) ¿Por qué cree el rey que el hijo del molinero tiene muchas tierras? (págs. 47-49)

3 ¿Cómo se apodera el gato del castillo del ogro? (págs. 49-50) ¿Qué consigue luego para su señor? (pág. 50) ¿Qué recompensa recibe el gato con botas? (pág. 50)

Comentario

1 Este cuento nos enseña que **algunas cosas que no apreciamos son en verdad muy valiosas**. A primera vista, ¿cuál de los tres hijos del molinero recibe una herencia mejor? En cambio, ¿cuál resulta más beneficiado al final?

2 **El gato** consigue lo que se propone gracias a su **gran inteligencia** y **astucia**. ¿Cómo demuestra su astucia? ¿Por qué necesita las botas y el sombrero?

3 Uno de los episodios más divertidos del cuento es la **lucha entre el gato y el ogro**. ¿Cuál de los dos

personajes es más fuerte? ¿Y más inteligente? ¿Crees que el ogro se merece lo que le pasa? Si te dieran a elegir entre ser la persona más fuerte del mundo o la más lista, ¿qué escogerías? ¿Por qué?

4 El hijo del molinero parece rico pero no lo es, lo que da a entender que **las personas no siempre son lo que parecen**. Vamos a hablar de eso en clase. En la conversación, intentad responder a las siguientes preguntas: a) ¿Actúa bien el hijo del molinero al hacerse pasar por un marqués?; b) ¿Se habría fijado la princesa en el joven de haber sabido que era pobre?; c) ¿Te parece que la mayoría de la gente nos valora más por lo que tenemos que por cómo somos?; d) ¿Vale la pena hacer cualquier cosa con tal de llegar a ser rico?; e) ¿Hay algo bueno o bonito en esta vida que se pueda conseguir sin dinero?

Expresión

1 **Representad** en clase el pasaje en que el gato con botas se enfrenta con el ogro (págs. 48-50). Para que la escena resulte más divertida podéis alargar la conversación que mantienen los dos personajes y hacer que el ogro se transforme en algún otro animal además de en león y en ratón. A la hora de interpretar a los personajes, no olvidéis que la voz del gato y la del ogro deben ser muy distintas, y que los gestos de cada uno han de dejar claro lo inteligente que es el gato y lo creído e ingenuo que es su rival. Si podéis, utilizad máscaras para representar a los animales en los que se transforma el ogro.

La Cenicienta

Argumento

1 Al principio del cuento, Cenicienta lleva una vida muy desgraciada. ¿Por qué? (págs. 51-52)

2 Cenicienta acude al baile organizado por el rey gracias a la ayuda de su hada madrina. ¿De dónde saca el hada las cosas que Cenicienta necesita para ir al baile? (págs. 54-57) ¿Por qué la joven debe volver a casa a medianoche? (pág. 57)

3 Al primer baile le siguen otros dos, en los que el príncipe se enamora de Cenicienta. ¿Qué pierde la muchacha cuando se marcha del último baile? (pág. 59) ¿Cómo logra el príncipe reencontrarse con la joven tras mucho buscarla? (págs. 60-61)

Comentario

1 **Juana** y **Claudina** se muestran **egoístas** y **malvadas** con Cenicienta. ¿De qué modo la tratan mientras se preparan para ir al baile? (págs. 53-54) ¿En qué momento cambian su forma de comportarse con Cenicienta? (pág. 61) ¿Por qué lo hacen?

2 Pese a que sus hermanastras la humillan, **Cenicienta** trata a Juana y Claudina con generosidad. ¿Te gusta que sea así o habrías preferido que Cenicienta se rebelase contra sus hermanas? ¿Y que se vengase de ellas?

3 En el cuento, el bien acaba triunfando sobre el mal. ¿Cómo queda claro que Cenicienta es una muchacha muy especial? (págs. 57 y 60-61) ¿Te parece que sus muchos sufrimientos le han servido de algo?

Expresión

1 A la protagonista de este cuento no la conocemos por su verdadero nombre sino por **un apodo**: Cenicienta. ¿Por qué la llaman así? (pág. 52) ¿Qué otro apodo le había puesto Juana? (pág. 52) A tu parecer, **¿qué apodo se merecerían Juana y Claudina** por la forma que tienen de comportarse?

2 **Representad en clase la escena** de las páginas 53-54, en que Juana y Claudina se burlan de Cenicienta mientras se preparan para ir al baile. No olvidéis que las dos hermanas deben demostrar lo crueles y maleducadas que son, mientras que Cenicienta ha de mostrarse triste, resignada y humilde.

3 Supón que tienes un hada madrina y que un día se te aparece para hacer realidad **tus tres mayores deseos**. ¿Qué le pedirías?

La Bella y la Bestia

Argumento

1 Al principio del cuento, un mercader viaja a la ciudad. ¿Qué regalo le pide entonces cada una de sus hijas? (pág. 63)

2 Cuando regresa a casa, el mercader se refugia de la nieve en una mansión habitada por un monstruo. ¿Por qué la Bestia se enfada con el mercader? (pág. 64) ¿Con qué condición le perdona la vida? (pág. 65)

3 Para ayudar a su padre, Bella se traslada al palacio de la Bestia. ¿Cómo la trata el monstruo? (págs. 65-66) ¿Qué le pregunta todas las noches y qué le responde Bella? (pág. 68)

4 Un día, Bella se entera de que su padre ha caído enfermo, y vuelve a casa. ¿Por qué tarda tanto en regresar a la mansión de la Bestia? (pág. 69) ¿Cuándo decide volver? (pág. 70) ¿Cómo se encuentra al monstruo? (pág. 70) ¿Qué le ocurre a la Bestia cuando Bella le declara su amor? (pág. 72)

Comentario

1 Además de ser muy hermosa, **Bella** tiene **un gran corazón**. Cuando le encarga una rosa a su padre, ¿qué es lo que más desea en realidad? (pág. 63) ¿Cómo le demuestra a su padre lo mucho que lo quiere? ¿Te parece que Bella es sincera con la Bestia?

2 Al contrario que Bella, **sus hermanas son egoístas y malvadas**. ¿Por qué se echan a llorar cuando Bella decide regresar con la Bestia? ¿Crees que se comportan como buenas hermanas? ¿Por qué? ¿Te parece justo lo que les ocurre al final?

3 La **Bestia** es un ser de **aspecto horrible** pero **muy generoso**. ¿Qué quiere decir Bella cuando le asegura que «hay muchos seres humanos que merecen más que tú ese nombre de monstruo» (pág. 68)?

4 Una de las cosas más hermosas del cuento es el cambio que se produce en los **sentimientos de Bella**. ¿Por qué la muchacha se niega al principio a casarse con la Bestia? En cambio, ¿por qué lo acepta por marido más adelante? Entre el principio y el final del cuento, ¿qué sentimiento ha nacido en el corazón de Bella? ¿Cómo demuestra el cuento la fuerza de ese sentimiento?

5 «La Bella y la Bestia» nos habla del **rechazo** que suelen sufrir quienes son distintos a la mayoría. ¿Qué piensas de aquellos que se ríen de las personas con algún defecto físico, como los jorobados, los cojos o los tartamudos? ¿Crees que es agradable saberse distinto a la mayoría? ¿Te has sentido tú rechazado alguna vez? ¿Por qué?

6 ¿Te parece que las personas guapas son mejores que las feas? ¿Te casarías con una persona fea si fuese buena o preferirías a una persona guapa aunque fuese malvada? Si vieras a alguien como la Bestia, ¿huirías o tratarías de ser su amigo? En general, ¿crees que debemos fiarnos de la apariencia de las personas? ¿Por qué?

7 ¿En qué se parece el cuento de «La Bella y la Bestia» a «El príncipe sapo»? ¿Y a la historia del jorobado de Notre-Dame?

Expresión

1 Si has visto **la película «La Bella y la Bestia»** de Walt Disney, habrás comprobado que se diferencia del cuento en algunas cosas. En la película,

a) ¿Por qué fue castigado el príncipe con un hechizo?

b) ¿Qué personaje se empeña en impedir el amor entre Bella y la Bestia? ¿En qué se parece ese personaje a las hermanas de Bella?

c) ¿Por qué la Bestia se enfada con Bella? ¿Cómo la castiga entonces?

d) ¿Por qué los habitantes del pueblo atacan el palacio de la Bestia?

e) ¿Qué pasará cuando la rosa pierda su último pétalo?

2 **Escribe un cuento** sobre una persona que es rechazada porque tiene alguna rareza. Supón, por ejemplo, que tiene tres brazos, una nariz como una zanahoria o que su piel es de color verde. No olvides explicar cómo lo tratan los demás, qué siente al verse rechazado, cómo intenta ganarse la confianza y el respeto de sus conocidos…

La Bella Durmiente

Argumento

1 Al principio del cuento, varias hadas asisten al bautizo de una princesa. ¿Por qué la más anciana maldice a la niña? (pág. 73) Según ella, ¿qué le pasará a la princesa cuando cumpla dieciséis años? (pág. 75) ¿Cómo intenta atenuar el maleficio el hada más joven? (pág. 75) ¿Qué hace el rey para procurar salvar a su hija? (pág. 75)

2 ¿Qué le ocurre a la princesa a los dieciséis años? (pág. 76) ¿Por qué el hada joven adormece entonces a todos los habitantes del palacio? (pág. 77)

3 Pasados cien años, un príncipe llega al castillo. ¿Qué hace al ver a la Bella Durmiente? (pág. 79) ¿Qué le ocurre entonces a la princesa? (pág. 79)

Comentario

1 «La Bella Durmiente» cuenta la **venganza de un hada**. ¿Te parece justo su enfado? ¿Se merece la princesa el castigo que recibe? ¿Crees que vengarse soluciona los problemas?

2 El **hada joven** demuestra tener mucha intuición y habilidad durante el bautizo de la princesa. ¿Por qué se esconde tras la cortina y qué consigue con esa astucia?

3 ¿Qué mueve al **príncipe** a entrar en el castillo? (pág. 79) ¿Cómo se demuestra que el príncipe es la persona elegida para salvar a la Bella Durmiente? (pág. 79)

4 El **beso del príncipe** rompe el maleficio que padecía la protagonista. ¿Crees que la princesa se hubiese despertado si el príncipe, en lugar de besarla con amor, le hubiese echado un jarro de agua fría en la cabeza? ¿Por qué?

Expresión

1 Al descubrir que la princesa se ha pinchado con el huso, el hada joven toca con su varita a todos los habitantes del castillo para que caigan en un largo sueño. Imagínate que un hada hiciese lo mismo contigo y que **despertaras dentro de cien años**. **Describe** en unas diez o quince líneas cómo sería el mundo con el que te encontrarías y en qué se diferenciaría la vida de entonces de la de hoy en día.

2 **Representad** en clase la **escena del bautizo de la princesa**, en la que aparecen los siguientes personajes: el rey, la reina, la princesita, las ocho hadas y varios criados. No olvidéis interpretar a cada personaje con los gestos, movimientos y forma de hablar que le corresponde por su edad y su modo de ser.

Las doce princesas bailarinas

Argumento

1 Este cuento empieza con un misterio. ¿Qué cosa inexplicable ocurre todas las noches en el palacio? (pág. 80) ¿Qué le promete el rey al hombre que resuelva el misterio? (pág. 80)

2 ¿Cómo consigue el soldado descubrir el secreto? (págs. 82-83) ¿Cuál de las princesas sospecha que las están espiando? (pág. 83) ¿Por qué? (págs. 83-86) En realidad, ¿qué es lo que hacen las muchachas por las noches? (págs. 84-86)

3 Tras descubrir el secreto de las princesas, el soldado se lo explica al rey. ¿Con qué pruebas le demuestra que lo que dice es verdad? (pág. 87) ¿Qué premio recibe entonces? (pág. 88)

Comentario

1 Hemos visto ya que este cuento está lleno de **misterio**, pues en él hay muchas cosas que no se nos explican: ¿cuáles? ¿Quién es la anciana que ayuda al soldado? ¿Te gustan los cuentos que tienen misterios? ¿Y los cuentos en que el final no queda claro? ¿Por qué?

2 En el cuento no solo suceden cosas misteriosas, sino también **cosas mágicas**: ¿cuáles?

3 La **anciana del cuento** decide ayudar al soldado sin pedirle nada a cambio. ¿Qué te pa-

rece su actitud? ¿Te gusta a ti ayudar a los demás? Cuando lo haces, ¿les pides algo a cambio?

4 Todas las noches, el rey del cuento **encierra a sus hijas bajo llave**. ¿Crees que desconfía de ellas? ¿Te parece correcto que las encierre? ¿Hacen bien las princesas al escaparse de su cuarto? ¿Piensas que los padres deben permitirles a sus hijos que hagan todo lo que quieran? ¿Por qué?

Expresión

1 Gracias a una misteriosa anciana, el soldado encuentra un modo de **hacerse invisible**. ¿Te gustaría a ti ser invisible? ¿Qué harías si lo fueses por un rato? ¿Crees que en el mundo hay cosas que existen pero que los seres humanos no podemos ver? ¿Cuáles?

2 Los hermanos Grimm apenas nos explican nada de **los príncipes** que bailan con las doce hijas del rey. Di cómo son, imagínate las razones por las que viven bajo tierra e invéntate lo que les ocurrió tras el final del cuento.

3 **El soldado** del cuento se comporta como un **detective**, pues debe solucionar un misterio que trae de cabeza al rey. Imagínate que eres el soldado y que te encargan que resuelvas el siguiente misterio: en un pueblo llueven ranas. Escribe en unas veinte líneas cómo investigas el caso y cómo descubres lo que está pasando en realidad.

Rapónchigo

Argumento

1 ¿Por qué le llaman Rapónchigo a la niña de este cuento? ¿Qué le ocurre a Rapónchigo cuando cumple doce años? (pág. 90) ¿Qué hace la bruja para poder verla? (págs. 90 y 92)

2 Un día, un príncipe se enamora de Rapónchigo y empieza a visitarla. ¿Qué le lleva para que pueda escapar de la torre? (pág. 93) ¿Cómo descubre la bruja que Rapónchigo se ve con el príncipe? (pág. 93) ¿De qué modo castiga entonces a la muchacha? (pág. 93)

3 Convencido de que no volverá a ver a Rapónchigo, el príncipe se lanza por la ventana de la torre. ¿Qué le ocurre entonces? (pág. 94) ¿Cómo le ayudan las lágrimas de Rapónchigo? (pág. 94) ¿Qué castigo recibe la bruja al final? (pág. 95)

Comentario

1 ¿Por qué es castigado el padre de Rapónchigo? ¿Qué le lleva a hacer lo que hace? ¿Habrías hecho tú lo mismo que él? ¿Te parece justo el castigo que recibe el personaje?

2 La bruja del cuento demuestra lo malvada que es al encerrar a Rapónchigo en una torre. ¿Cómo crees que debe de sentirse una persona que ha perdido su libertad? ¿Qué cosas echará de menos?

Expresión

1 La bruja le dice al príncipe que no volverá a ver a Rapónchigo con unos versos. En ellos hay varias **metáforas**, lo que quiere decir que se les da a unas cosas el nombre de otras a las que se parecen. ¿Quiénes son en realidad el «pájaro» y el «gato» que menciona la bruja? ¿Cuál es el «nido» que ha abandonado el pájaro? ¿Qué quiere decir la frase «que ahora quiere tus ojos como segundo plato»?

2 **Crear metáforas** es un juego muy divertido, pues nos permite llamar a unas cosas con el nombre de otras. Así, en vez de decir «Rapónchigo tenía dos mejillas muy coloradas», podemos decir «Rapónchigo tenía dos claveles en la cara», porque los claveles son rojos como las mejillas. Siguiendo ese ejemplo, invéntate una metáfora para cada una de las cosas siguientes:

- a) La nariz puntiaguda de la bruja.
- b) La larguísima trenza rubia de Rapónchigo.
- c) Las piernas flacuchas de la bruja.
- d) Las lágrimas que derrama Rapónchigo.

Los cuentos maravillosos

1 En los cuentos maravillosos de todo el mundo **se repiten a menudo ciertos personajes y episodios**. Di en cuáles de las historias que has leído sucede lo siguiente:

a) Un personaje se pierde en un bosque.

b) Por culpa de un hechizo, una persona se transforma en un animal.

c) El protagonista recibe la ayuda de una persona con poderes mágicos.

d) Una muchacha pobre se casa con un príncipe.

e) Un espejo tiene una propiedad mágica.

f) Una joven vuelve a la vida gracias a un príncipe.

g) Una bruja comete maldades.

h) Una joven bondadosa es maltratada por su madrastra, sus hermanas o sus hermanastras.

Para responder, coloca la letra correspondiente (a, b, c...) en la primera columna del recuadro de la pág. 121.

2 Los cuentos populares casi siempre acaban con un **final feliz**. Di en cuáles de las historias que has leído sucede lo siguiente (e indícalo en la segunda columna del recuadro de la pág. 121):

1) El cuento termina con una boda.

2) Una persona pobre se hace rica.

3) Una persona malvada es castigada.

Cuento	Características	
El príncipe sapo	b, g	1
Hansel y Gretel		
Blancanieves y los siete enanitos		
Los seis cisnes		
El gato con botas		
La Cenicienta		
La Bella y la Bestia		
La Bella Durmiente		
Las doce princesas bailarinas		
Rapónchigo		

3 En los cuentos maravillosos suceden muy a menudo **cosas mágicas**, como que una persona se convierta en sapo o duerma durante cien años. De las muchas cosas maravillosas que has leído en este libro, ¿cuál te ha sorprendido más? ¿Por qué?

4 En las historias que hemos leído, la **magia** no siempre se utiliza con los mismos fines. Cita tres personajes del libro que usen sus poderes mágicos **para hacer el bien** y tres que los utilicen **para hacer el mal**.

5 La mayoría de los cuentos maravillosos no se inventaron solo para entretener a los niños sino para **enseñarles cosas**. Así, por ejemplo, la historia de «Caperucita roja» nos advierte de que no debemos fiarnos demasiado de los extraños. Señala qué has aprendido leyendo «El príncipe sapo», «El gato con botas», «La Cenicienta» y «La Bella y la Bestia».

6 Imagina que decides **escribir un cuento** para darle un consejo a un amigo, por ejemplo que no es bueno mentir, que es peligroso ser demasiado presumido o que quien lo quiere todo acaba quedándose sin nada. Procura acabar tu cuento con unos versos que resuman la moraleja de tu historia.

CUCAÑA

El Gigante egoísta
y otros cuentos

Oscar Wilde

Este libro reúne los cuentos más hermosos y conmovedores de Oscar Wilde, sus relatos más preñados de valores morales. Los protagonistas de estos cuentos alcanzan la felicidad y el amor cuando, renunciando al egoísmo, se muestran amables y generosos y se preocupan por el bien de los demás.

Relatos de fantasmas

Adaptación de **Steven Zorn**

Un viajero comparte el camarote de un barco con un muerto viviente... Un pequeño huérfano recibe la visita de dos niños fantasmas que no pretenden sino salvarle la vida... Atrévete a entrar en el mundo misterioso y fantástico de los ocho cuentos de este libro. En cada uno de sus rincones te aguarda una sorpresa.

Aprendiz de detective
Un robo muy costoso

William Irish

La intriga, la emoción y el suspense atrapan al lector desde principio a fin de estos dos magníficos relatos policiacos. En el primero de ellos viviremos la aventura de un verdadero "aprendiz de detective". El humor negro de *Un robo muy costoso*, en cambio, desembocará en un estremecedor desenlace.

Melisenda

Edith Nesbit

Hadas buenas y perversas, una bella princesa víctima de un maleficio y un príncipe inteligente y astuto son algunos de los personajes de este original cuento que, hilvanando situaciones y episodios de *La Bella Durmiente*, *Rapónchigo*, *Los viajes de Gulliver* y *Alicia en el País de las Maravillas*, se convierte en un cuento de cuentos.

Amigos robots

Isaac Asimov

Asimov nos describe una sociedad futura en que los robots se convierten en fieles servidores de los seres humanos hasta el extremo de suplir sus carencias afectivas. Tal es el caso de *Robbie*, uno de los cuentos más tiernos de su autor, y también de *Sally*, relato en que unos coches defienden a su dueño del ataque de unos maleantes.

La Biblia
Historias del Antiguo Testamento

Adaptación de **Martin Waddell**

Este libro recrea diecisiete historias del Antiguo Testamento, que abarcan desde la Creación a la vida del profeta Jonás, pasando por episodios como el Diluvio Universal o el Éxodo. La deliciosa adaptación de los relatos conserva todo el vigor narrativo del libro más leído de la literatura universal.

Arroyo claro, fuente serena
Antología lírica infantil

Selección de **Juan Ramón Torregrosa**

Esta cuidada selección descubrirá a los niños y las niñas el encanto incomparable de la buena poesía. Sus lectores se emocionarán con la dulzura de las nanas y los villancicos, disfrutarán con curiosas adivinanzas y divertidos trabalenguas y aprenderán la necesidad de ser justos y solidarios por medio de versos llenos de ingenio y sabiduría.

El ojo de cristal
Charlie saldrá esta noche
Cornell Woolrich

Estos dos apasionantes relatos policiacos demuestran la maestría de Cornell Woolrich en el manejo del suspense y la intriga. En «El ojo de cristal», un muchacho ingenioso y valiente sigue el rastro de un asesino, mientras que en «Charlie saldrá esta noche» un capitán de policía presiente que su propio hijo es un peligroso atracador.

La rosa de los vientos
Antología poética

Selección de **Juan Ramón Torregrosa**

Los adolescentes y los jóvenes hallarán en los poemas de este libro el más bello cauce para sus sueños de libertad, sus ansias de conocer mundo y a sí mismos; recorrerán los territorios del amor y la solidaridad, la naturaleza y la amistad, el humor y el misterio a través de los mejores poetas en lengua castellana

El mago de Oz

L. Frank Baum

De la mano de la pequeña Dorotea, Baum nos lleva de viaje al mágico reino de Oz, donde las brujas disputan con las hadas y lo más extraño es posible. Una sucesión de emocionantes aventuras e inolvidables personajes nos enseñan que todos nuestros sueños pueden hacerse realidad si luchamos por ellos con ilusión y esfuerzo.

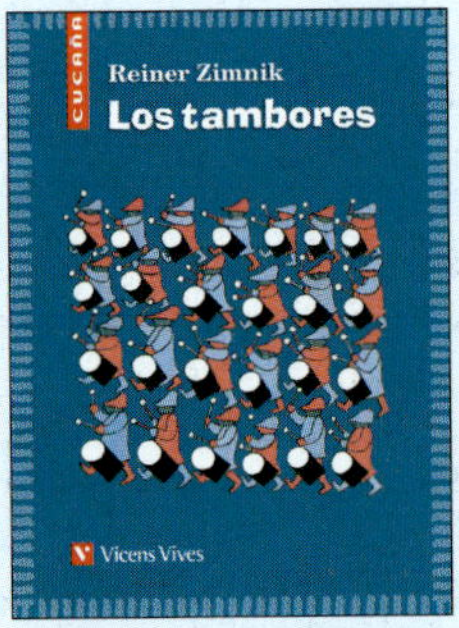

Los tambores

Reiner Zimnik

Cansados de las injusticias del mundo en el que viven, un grupo de personas abandona su ciudad y emprende un largo viaje en busca de una vida mejor. Reiner Zimnik nos relata las esperanzas y dificultades de esas gentes en una fábula tan sencilla y hermosa como profunda y emotiva.

Un tirón de la cola

Mary Hoffman

¿Qué sucede cuando una oveja coqueta le guiña el ojo a un lobo glotón al que le vuelven loco las ovejas? ¿Y cuando un zorro alardea de su velocidad ante un cangrejo? En este libro se reúnen once historias divertidas de animales donde el lector descubrirá que si uno se pasa de listo, es demasiado avaricioso o se comporta como un fanfarrón, puede acabar muy malparado.

El jorobado
y otros cuentos de «Las mil y una noches»

Anónimo

En estos diez cuentos de *Las mil y una noches*, las anécdotas más divertidas y las fábulas de animales más aleccionadoras conviven con historias tan maravillosas como la del jorobado que murió cuatro veces, la del hombre que lo perdió todo por culpa de sus zapatos y la del leñador que se hizo rico al grito de «¡Ábrete sésamo!».

Las aventuras de Mowgli

Rudyard Kipling

Este libro reúne los relatos más apasionantes de *El libro de la selva*: «Los hermanos de Mowgli», «La caza de Kaa» y «¡Al tigre! ¡Al tigre!». En ellos podremos vivir las aventuras de Mowgli, el cachorro de hombre que es adoptado por los lobos y adoctrinado en la Ley de la Selva por el oso Balu, la pantera Baguira y la serpiente Kaa. Pero sobre la vida de Mowgli pende la amenaza del siniestro tigre Shier Kan...